슬레이어즈 8
사령도시의 왕

절규하는 카오스 드래곤(마룡왕) 가브의 배에서,
가느다란 팔이 튀어나왔다──

"리나 씨?!"
별안간 나를 부르는 것은
낯익은 여성이었다.
"——실피르?!"

크리스털의
중심부에
희미하게 떠오른
사람 그림자.
"가우리 님?!"
소리를 지르며
실피르가
달려갔다.

HAJIME KANZAKA 칸자카 하지메

일러스트 | 아라이즈미 루이
번역 | 김영종

목 차

1. 때는 왔다. 움직이기 시작한 헬마스터

―하얀 손.

여자 손처럼 희고 가냘픈 손.

눈에 들어온 것은 그것이었다.

"어…?"

한순간 뭐가 어떻게 되었는지 알지 못한 채, 나는 작게 소리를 냈다.

카오스 드래곤(마룡왕)을 노린 라그나 블레이드[神滅斬]의 일격은 분명 가브의 붉은 검과 함께 그의 오른팔을 잘라냈다.

하지만 나 역시 마력이 모두 소진되어 지금은 그저 땅에 주저앉아 가브를 노려보는 게 고작.

그런 나를 죽이기 위해 다가오던 카오스 드래곤(마룡왕)이….

갑자기 비명을 질렀던 것이다.

그리고 지금 가느다란 팔이 카오스 드래곤(마룡왕) 가브의 배에서 튀어나왔다.

"너…!"

가브는 얼굴에 증오와 적의를 내비치며 자신의 뒤쪽으로 시선을 보냈다.

"너, 너 이놈! 어느 틈에?!"

고통과 원한이 섞인 목소리에 나는 겨우 사태를 이해했다.

가브의 주의가 내게 집중된 순간, 누군가가 뒤에서 가브의 배를 뚫었다는 걸.

그것도 맨손으로.

물론 우리들은 아니었다. 어지간한 주문으로는 흠집 하나 내지 못하는 카오스 드래곤(마룡왕)에게 이런 짓을 할 수 있는 것은 아마도….

"아까부터 계속 있었어. 제로스 외엔 눈치채지 못한 모양이지만."

카오스 드래곤(마룡왕)의 뒤에서 약을 올리는 듯한 목소리가 들려왔다.

여자는 아니다. 목소리로 보건대… 어린아이?!

하지만 이 목소리는 어딘가에서…?

"오랜만이야, 리나 인버스."

목소리와 함께 가브의 뒤에서 작은 머리가 불쑥 튀어나왔다.

"아…?!"

얼떨결에 작은 신음이 내 입에서 흘러나왔다.

―아는 얼굴이었다.

살짝 곱슬곱슬한 검은 머리카락. 열한두 살쯤 되어 보이는, 여자아이로 착각할 정도의 미소년.

―그랬다.

얼마 전 들렸던 가이리아 시티에서 가브 일파의 계획을 나에게 흘리고, 제로스의 공격 여파로 인해 희생된 줄 알았던 그 남자아이였다.

"너, 너… 죽지 않았어?"

상대의 정체를 반쯤 눈치챘으면서도 얼떨결에 묻는 나.

"아무도 죽었다곤 하지 않았어. 네가 멋대로 그렇게 착각했을 뿐이지.

심장이 뛰지 않는다,

제로스는 그렇게 말했을 거야.

애당초 나에게 심장 따위가 있을 리 없으니 없는 게 뛸 리가 없지.

ㅡ거짓말은 안 했어, 그 녀석은."

뻔뻔하게 말했다.

…그렇구나. 거짓말을 하진 않았어. 단지 사실 전부를 말하지 않았을 뿐.

"어, 어린애…?!"

아직 사태 파악이 잘되지 않는지 살짝 떨리는 목소리로 아멜리아가 중얼거렸다.

그는 아멜리아에게 싱긋 미소 짓더니,

"그래, 어린애야. 어린아이 모습이지.

나야 어떤 모습으로 변해도 좋지만 이게 꽤 편리하더라고.

인간이란 재미있는 게, 이 모습을 하고 있으면 쉽게 방심하거든.

무슨 일을 하든 정말 잘 걸려들지.”

“…과연…

그때 이름을 밝히지 않았던 건 그 때문이었구나.”

“아, 그리고 보니 아직 이름을 밝히지 않았군.”

내 중얼거림에 그는 뻔뻔한 어조로 말하더니 우리들에게 가볍게 인사를 했다.

—눈동자에 허무한 빛을 띤 채로.

“내 이름은 피브리조.

헬마스터(명왕)라고 불러도 돼.”

——?!——

아무렇지도 않게 하는 그의 자기소개에 아멜리아, 제르, 미르가지아 씨는 할 말을 잃었다.

어느 틈엔가 일어났던 가우리가 빛의 검을 내린 채 힐끔 내 쪽을 돌아보더니,

“유명인이야? 저 녀석?”

예상대로 물어왔다.

역시 피브리조의 이름을 기억하지 못했다….

글자 수가 많으면 기억하지 못하는 거냐? 넌?

가우리의 얼빠진 소리에도 헬마스터는 마음 상한 기색 없이 작세 어깨를 으쓱하더니,

“일부선 유명한 모양이야. 사람은 아니지만.”

"그건 알고 있어."

가우리는 말하고 나서 다시 빛의 검으로 자세를 취했다.

아마도 카오스 드래곤(마룡왕)이 아닌 피브리조를 향해서.

"쉽게 말해 나는 완전히 걸려든 셈이구나. 너와 제로스 두 사람에게…."

나는 그렇게 중얼거리며 어금니를 악물었다.

그는 가이리아 시티에서 죽은 척(?)해서 카오스 드래곤(마룡왕) 일파에 대한 나의 분노를 부추겼다.

그 때문에 나는 놀아나고 있다는 것을 알면서도 제로스의 말에, 피브리조의 계획에 참여했던 것이다.

그는 작게 웃음을 머금더니,

"뭐, 확실히 생각대로 움직여주긴 했어.

가브도 예상대로 어슬렁어슬렁 나와줬고.

—어쨌거나 이야기는 나중에 하자고. 지금은 먼저 해야 할 일이 있으니까."

말하고 나서 피브리조가 자신의 오른손으로 꿰뚫은 카오스 드래곤(마룡왕) 가브에게 힐끔 시선을 돌린 순간,

"크오오오오오!"

그때까지 움직이지 않던 가브가 분노의 포효를 내뿜는 동시에 뒤에 있던 헬마스터를 왼손으로 후려쳤다.

—하지만!

퍽!

무딘 파열음과 함께 튕겨나간 것은 카오스 드래곤(마룡왕)의 왼팔이었다.

크아아아아아아아아악!

몸부림치며 절규하던 가브는 그 자리에 무릎을 꿇었다.

"소용없어, 가브.

원래부터 내가 더 셌잖아?

게다가 넌 완전한 몸도 아니니까….

알겠지? 저항해봤자 소용없다는 걸."

헬마스터는 자신의 한쪽 손으로 꿰뚫은 가브에게 조용한 시선을 보내더니,

"일단 죽여서 섞여 있는 인간의 부분만 걸러내려고 했는데 아무래도 이상하게 섞여버린 모양이야.

역시 수룡왕이 건 주술답게 상당히 성가시군.

이래선 죽인다 해도 원래 카오스 드래곤(마룡왕)으로 부활시키기란 무리일 것 같아."

"너 이놈…! 너 이놈!"

피브리조를 증오의 시선으로 노려보며 온몸을 비트는 카오스 드래곤(마룡왕).

하지만 이미 그 움직임과 어조에는 죽음의 그림자가 짙게 드리워 있었다.

"그렇다고 이 상태에서 다시 루비 아이 님에게 복종할 것으론 생각되지 않으니, 그렇다면 역시…."

"너 이노오오오오오옴!"

"결론은 하나뿐이군."

작게 중얼거린 그 순간.

화악!

카오스 드래곤(마룡왕)의 전신이 한순간에 재로 변했다!

—그것이….

카오스 드래곤(마룡왕) 가브의 너무나 허망한 최후였다.

눈처럼 보이는 하얀 재가 바람을 타고 허공에 날렸다.

—그렇구나….

나는 그제야 깨달았다. 카오스 드래곤(마룡왕)이 왜 그렇게 헬마스터를 꺼렸는지.

너무나 압도적이었던 것이다. 그 힘이.

아무리 기습을 당했고, 아무리 내 공격에 대미지를 입고 있었다고 해도 그 카오스 드래곤(마룡왕) 가브를 아무 힘도 들이지 않고 해치우다니….

사태를 이해 못 하는 것인지, 아니면 본능적인 공포 때문인지 다른 사람들도 모두 멍한 상태였다.

"너의 계획대로… 된 셈이구나. 이걸로…."

나는 자리에 주저앉은 상태에서 얼굴만 돌리고 말했다.

"뭐, 대충은."

피브리조는 친구들에게 자랑하는 어린아이의 말투로,

"내가 리나 인버스를 이용해서 무언가 꾸미고 있다는 정보를, 부하 하나를 희생시켜 가브의 부하에게 흘렸지. 그게 시작이었어.

그 후엔 그레이터 비스트(수왕) 제라스 메타리옴에게서 빌린 제로스 녀석을 너에게 붙여서 상황만 살피면 되었지."

"그리고 넌 나에게 이것저것 정보를 준 후 죽은 척하고 있다가 나중에 등장한 카오스 드래곤(마룡왕)을 기습해서 해치운 거군.

일을 참 편하게 하는구나."

"뭐, 그렇지.

하지만 한 가지 덧붙이자면,

클리어 바이블이 있는 공간 속에서 길을 잃은 너를 제로스가 있는 곳으로 유도한 건 나였어.

제로스 녀석이 쓸 만하긴 해도 그 공간 속에선 아무래도 고생 좀 했겠지.

감사하라고까진 말 안 하겠지만."

"어떻게 된 일이야…?"

아직도 사태 파악이 힘겨운지 미간을 좁히며 묻는 가우리.

나는 헬마스터에게서 시선을 떼지 않고,

"다시 말해 이 녀석은…

배신한 카오스 드래곤(마룡왕) 가브를 해치우기 위한 미끼로 나를 이용했다는 소리야."

"그래. 그게 첫 번째 이유."

"첫 번째…?"

피브리조의 말에 나는 앵무새처럼 되물었다.

"또 다른 목적이 있는 거야?"

"어? 이미 눈치챈 줄 알았는데?

아니면 눈치 못 챈 척하는 거야?

뭐, 어찌 됐든 결과는 같겠지만."

피브리조는 나에게서 시선을 거두고 가우리를 바라보았다.

"하지만 설마 이런 곳에 고른노바(열광의 검)가 있을 줄은 생각지도 못했어.

그러니 네가 결정하도록 해."

"내가 결정해? 뭘?"

"미끼 말야."

아무렇지도 않게 말하더니 가우리 쪽으로 걷기 시작했다.

"ㅡ미끼?!"

황급히 빛의 검으로 자세를 취하고 크게 뒤로 물러나는 가우리.

"그렇게 겁먹지 않아도 돼. 미끼라고 해도 실제로 잡아먹는 건 아니니까.

얌전히…."

그때.

"라 틸트[崩靈烈]!"

대체 어느 틈에 주문을 외웠는지 헬마스터의 말을 가로막ㄱ 아멜리아의 목소리가 주위에 울려 퍼졌다!

푸른 빛의 불기둥이 정확히 피브리조의 온몸을 휘감았다!

—하지만.

빛이 사라진 그곳에는, 표정 하나 바뀌지 않은 헬마스터의 모습이 있었다.

"앗…?!"

아멜리아의 입에서 놀란 목소리가 흘러나왔다.

피브리조는 시선을 천천히 아멜리아에게 돌리더니,

"깜짝 놀랐잖아. 갑자기 라 틸트 같은 걸로 공격하면 어떡해? 나니까 망정이지 하급 마족이라면 소멸했을 거야."

입가에 미소를 머금고 어린애 장난을 꾸짖는 듯한 어조로 그렇게 말했다.

"말도 안 돼…."

멍하니 중얼거리며 경직된 그녀.

하지만 그것도 무리는 아니었다.

라 틸트라면 인간이 쓸 수 있는 정령마법 중 최강의 공격마법이었다. 어지간한 상대나 브라스 데몬 같은 하급 마족이라면 한 방에 끝난다.

그런 것을 정통으로 맞고도 여유롭게 미소조차 머금을 수 있다니….

이것이 고위 마족의 실력인 건가?

"자, 그럼…."

헬마스터는 다시 시선을 천천히 가우리 쪽으로 돌리더니,

"그럼 넌 나와 함께 가줘야겠어.

내가 준비한 무대로."

"거절한다면?"

가우리가 들고 있는 빛의 검이 한순간 광채를 더했다.

"말하는 건 자유야. 실행이 가능할지 여부와는 다른 문제지."

피브리조가 오른손가락을 딱 튕겼다.

그 순간, 가우리의 빛의 검에서 빛의 칼날이 사라졌다.

"아니…?!"

가우리의 입에서 놀란 목소리가 흘러나왔다.

―피브리조가 검에서 칼날을 없앤 건가?!

"그걸 인간이 다루는 것 자체가 잘못된 일이야."

딱!

헬마스터는 다시 손가락을 튕겼다.

그 순간 빛의 검에서 생겨난 십여 개의 검은 촉수 같은 것이 가우리의 온몸을 휘감았다!

""앗…?!""

우리들의 목소리가 한데 어우러졌다.

빛의 검의 칼자루에서 그런 것이 나온다는 건 지금까지 본 적도, 들은 적도, 아니, 상상한 적조차 없었다. 소유자인 가우리도 마찬가지일 거다.

"뭐, 뭐야!"

가우리는 필사적으로 몸부림쳤지만 촉수는 떨어질 기미를 보이지 않았다.

"빛의 검…. 어째서 인간들은 멋대로 그런 이름으로 부르는지 모르겠어.

그 본래 이름은 고른노바(열광의 검)."

피브리조는 조용한 어조로,

"이계의 마왕 다크 스타(어둠을 다스리는 자)의 다섯 가지 무기 중 하나인데."

"⋯⋯?!"

갑작스레 나온 그 한 마디에 나는 할 말을 잃었다.

―전에 제로스에게서 탤리스먼을 샀을 때, 그가 말한 이름 중 하나가 이계의 왕 다크 스타였다.

멍해 있는 우리들에게 개의치 않고 피브리조는 말을 이었다.

"그걸 누가 대체 어떻게 한 건지 모르지만, 이쪽 세계에 가져와서 인간도 쓸 수 있는 물건으로 만들어버렸어.

하지만 아무리 무기의 형태를 띠고 있다고 해도, 그건 이른바 다크 스타의 분신이자 일부이기도 한 존재, 이른바 마족과 같은 거지.

―다시 말해, 그건 너희들 인간들보다 훨씬 나에 가까운 존재인 거야.

그래서 이렇게 아주 살짝 간섭하기만 해도, 완벽하게 동조하지.

본래 마왕이 쓰는 무기인 까닭에 리나 인버스, 네가 드래곤 슬레이브와 그 주문을 걸었을 때에도 용량이 초과되지 않고 칼날로 만들어졌지.

물론 너의 그 주문이 완벽한 거였다면 아무리 고른노바라도 버티지 못했겠지만."

―이 녀석.

나는 적의가 담긴 시선으로 헬마스터를 노려보았다.

"눈치챘어? 내가 너에게 무슨 일을 시키고 싶어하는지.

물론 고분고분 내 요청을 따라줄 거라곤 생각되지 않고, 무엇보다도 그 몸 상태로는 지금 당장 가능할 것 같지도 않으니 그를 데리고 먼저 가 있을게.

나의 도시 사일라그에."

"잠⋯."

내가 뭐라 말을 하기도 전에,

채앵!

귀에 거슬리는 소리와 함께 피브리조와 가우리의 모습이 한순간에 사라졌다!

"가우리!"

나는 무심코 일어나려다가 순간 가벼운 현기증을 느끼고 다시 주저앉았다.

아마도 헬마스터는 자신과 고른노바를 동조시켜 가우리를 휘감은 채 공간을 이동한 것이리라.

간 곳은 녀석의 말대로 라이젤 제국령 사일라그 시티.

하지만 '나의 도시'라니⋯?

그가 사라진 곳에는 그저 멍하니 서 있는 우리들만이 남았다.

"뭐가 어떻게 된 거야? 대체…."

중얼거리는 아멜리아의 목소리가 바람에 실려 허무하게 사라졌다….

꿈을 꾸었다.

대체 어떠한 꿈이었는지 기억나지는 않는다.

공포인지, 슬픔인지 잘 모를 충동에 사로잡혀 나는 침대 위에서 몸을 일으켰다.

뺨이 젖어 있었다.

아무래도 울었던 모양이다.

꿈에 대한 기억은 전혀 없었지만 어떻게 할 수 없는 안타까움과 뺨의 눈물 자국만이 남았다.

적어도 그리 좋은 꿈은 아니었던 모양이다.

창을 덮고 있는 빈틈투성이의 엉성한 판자문을 통해 어둑어둑한 실내에 몇 줄기 빛이 새어들고 있었다.

아침인가….

왠지 나른한 기분으로 나는 침대에서 내려왔다.

—어제, 그 후.

나, 아멜리아, 제르 세 사람은 드래곤스 피크를 뒤로하고 근처에 있는 이 마을에 여관을 잡았다.

어지간히 지쳐 있었는지 나는 저녁도 챙겨 먹지 못하고 침대에 쓰러지듯 누워 그대로 아침을, 지금을 맞이한 것이었다.

방을 나와 1층 식당으로 발걸음을 옮기자 그곳에는 마치 나를 기다리고 있었던 것처럼 이미 식탁에 앉아 있는 아멜리아와 제르의 모습이 있었다.

가우리는….

무의식중에 나의 시선은 그의 모습을 찾았다.

아, 있을 리가 없지….

새삼스레 그 사실을 떠올렸다.

"다들 잘 잤어?"

내가 생각해도 별로 기운이 없는 아침 인사를 하고 식탁 앞에 앉았다.

별로 식욕이 없어서 일단 모닝 세트를 2인분만 주문.

"괜찮아요?"

조금 걱정스러운 어조로 묻는 아멜리아에게 나는 억지로 미소를 지어 보이고,

"아, 괜찮아, 이제.

아무래도 이상한 꿈을 꿨는지 조금 기분은 안 좋지만."

"그럼 다행이지만…."

그녀치곤 드물게 모호하게 중얼거리더니,

그후엔 침묵이 찾아왔다.

이윽고 주문한 모닝 세트가 나오자 나는 묵묵히 접시를 비우기 시작했다.

"그래서? 어떻게 할 생각이지?"

제르가디스가 그렇게 물어온 것은 내가 마지막 홍차를 마시기 시작할 무렵이었다.

"제르가디스 씨!"

비난하는 듯한 어조의 아멜리아를 무시하고 그는 말을 이었다.

"여기서 실의에 빠져 있어봤자 아무것도 안 돼. 어떻게 움직이든 빨리 결정하는 편이 좋아."

"그건 그래…."

홍차를 다 마시고 나는 중얼거렸다.

실의에 빠졌던 기억은 없지만 두 사람의 태도로 보건대 역시 그렇게 느낀 모양이다.

작은 한숨을 한 번 쉬고 나는 띄엄띄엄 이야기하기 시작했다.

"냉정하게 생각하면…

상대는 헬마스터 피브리조.

카오스 드래곤(마룡왕) 가브를 한 방에 해치우고, 라 틸트를 정통으로 맞고도 안색 하나 바뀌지 않은… 말 그대로 괴물이야.

아마 드래곤 슬레이브를 연타한다 해도 녀석에게는 벌레에 물린 정도겠지.

다시 말해 내가 간다 해도, 녀석을 해치우고 가우리를 구해내기는커녕 적당히 이용당할 게 뻔해….

게다가 헬마스터는 '내가 가면 가우리를 무사히 풀어준다'고는 말하지 않았어. 한 마디도….

그렇다면 쫄랑쫄랑 시키는 대로 얼굴을 내밀면 오히려 가우리의 몸이 위험해질 뿐이야.

—하지만 반대로 내가 끝까지 가지 않고 버티면 인질인 가우리는 어느 정도 안전하다는 말이 돼.

그렇다면 사일라그 따위엔 가지 않고 계속 도망쳐 다니는 게 현명하다는 소리지…."

거기까지 말하고 나는 말을 끊었다.

잠시 침묵하는 사이에 나는 작게 한숨을 쉬고 쓴웃음을 지었다.

"하지만, 그래도 자칭 내 보호자이니…

그렇게 내버려둘 순 없겠지."

"그럼…."

아멜리아의 말에 나는 작게 고개를 끄덕이고,

"갈 거야, 사일라그로."

"그렇게 나와야 리나죠!"

그녀는 만면에 미소를 머금더니,

"아무리 평소의 행실이 나쁘고, 엄청난 먹보에, 성미가 급하고, 분별이 없어도, 할 때에는 한다! 그게 바로 리나예요!"

"너, 혹시 나한테 시비 거는 거야?"

"악의는 없었어요! 선의도 없었지만!"

…….

솔직한 것만큼은 칭찬해줄 만하지만….

"그렇게 결정됐으면 어서 출발해요! 사일라그로!"

"자…! 잠깐만!"

혼자 의욕이 넘치는 아멜리아에게 나는 황급히 제동을 걸었다.

"사일라그에 갈 생각이긴 하지만 나 혼자서 갈 생각이야."

"예…?"

내 말에 아멜리아의 표정이 멍해졌다.

"혼자서라면 리나 혼자?"

"그래. 나 혼자.

헬마스터의 용건은 아무래도 나한테만 있는 것 같고, 다 함께 쫄랑쫄랑 가봤자 별수 없잖아?"

"그 말이 맞긴 하군."

작게 중얼거리는 제르가디스.

"제르가디스 씨?!"

비난 섞인 목소리를 내는 아멜리아에게 그는 냉정한 어조로,

"아멜리아, 너와 내가 함께 간다고 해서 어떻게 되는 것도 아니야. 우리들의 술법으론 헬마스터에겐 흠집 하나 내지 못해.

따라가봤자 방해나 되지 않으면 다행이지."

"그야… 그럴지도 모르지만…."

어쩔 수 없는 현실을 지적당하자 아멜리아는 약간 고개를 숙였다.

"하지만.

그렇다고 혼자서 다녀오라고 말할 수는 없군.

그러니 우리들로선 방해가 되지 않도록 노력하는 수밖에."

시선을 딴 데로 돌리고 퉁명스러운 어조로 말했다.

이 녀석… 부끄러워하는군. 자기 말에.

"그래요! 역시!"

제르의 말에 힘을 얻었는지 아멜리아의 표정이 다시 빛을 냈다.

"당하지 못할 적이라는 걸 알면서도 겁먹지 않고 용기와 정의로 싸우면 반드시 길이 열릴 거예요!"

과연 그럴까? 그렇다면 인생에 무슨 걱정이 있겠어.

나는 속으로 우울하게 중얼거렸다.

솔직히 말해 헬마스터를 지혜니 용기니 우정으로 어떻게 해볼 수 있다고는 생각되지 않았다.

골든 드래곤의 장로인 미르가지아 씨조차 가우리가 잡혀갈 때 헬마스터를 앞에 두고 한 발짝도 움직이지 못했다.

그렇다고 여기서 혼자 간다고 억지를 써봤자 두 사람이 고개를 위아래로 끄덕일 리도 없을 터.

"하지만 그전에 한 가지 확실히 해두고 싶은 게 있어."

들떠 있는 아멜리아와는 대조적으로 나직이 제르가 말했다.

"헬마스터 피브리조의 목적이야."

역시… 그렇게 나오는군.

그는 내 쪽을 물끄러미 바라보더니,

"녀석이 널 이용해서 무언가를 하려고 하는 건 분명해.

그리고 녀석의 말투로 미루어 보아 넌 녀석의 목적을 어렴풋이 알고 있어.

그럼…."

"아, 잠깐만요."

제르가디스의 말을 끊은 것은 아멜리아였다.

"왜 그래?"

"헬마스터가 무슨 일을 꾸미고 있는지 하는 이야기라면 듣고 싶지 않아요."

"듣고 싶지 않아…?"

완전히 예상 밖의 반응에 제르는 물론 나까지도 무심코 미간을 좁혔다.

"예. 듣고 싶지 않아요."

"웨, 웬일이야? 네가… 듣고 싶지 않다니….

정의와 진실이 네 신조 아니었어?"

묻는 내게 그녀는 쓴웃음을 짓더니,

"그래서 더욱 듣고 싶지 않아요.

헬마스터가 꾸미고 있는 일이니 당연히 좋은 일일 리 만무해요.

만약 계획의 내용을 듣고 나면 저는 오히려 당신을 막아야 할지도 몰라요.

비록 가우리 씨를 못 본 체하는 일이 있더라도요.

하지만 그런 건 싫거든요.

그래서 듣고 싶지 않아요."

"그렇군…."

아멜리아의 말에 쓴웃음을 짓는 제르가디스.

"그렇다면 나도 묻지 않기로 하지.

애당초 헬마스터의 계획을 안다고 해서 그걸로 녀석을 어떻게 할 수 있다곤 생각되지 않으니 말야."

"괜찮겠어? 그래도…."

"좋고 나쁘고가 어디 있어요?"

자신 없는 목소리로 묻는 나에게 아멜리아는 밝은 미소로 답했다.

"함께 가우리 씨를 구하러 간다, 그걸로 충분하지 않아요?"

솔직히 말해….

난생처음 느꼈다.

동료라는 존재가 이리도 기쁜 거라는 사실을.

사일라그 시티.

라이젤 제국의 거의 한복판에 위치한… 아니, 위치했던 도시이다. 과거엔 마법 도시로 번창했지만, 어느 마법사가 만들어낸 마수(자나파)에 의해 괴멸당하고 사령도시라는 불명예스러운 별칭으로 불리기도 했다.

그래도 어느샌가 부흥해서 그럭저럭 큰 도시로 발전하고 있었는데….

바로 얼마 전 어떤 사건으로 다시 괴멸하고 말았다.

뭐, '어떤 사건'이라고 남 일처럼 이야기했지만 그 사건에는 여기 있는 나 자신도 상당 부분 관여한 바 있다.

어쨌거나 지금 그 마을은 그저 황무지로 변했을 것이다. 내가 직접 두 눈으로 확인했으니 틀림없다.

과거에 마을이 있던 장소에는 지금은 큰 나무가 홀로 우뚝 서 있을 뿐으로 아는데….

굳이 그런 곳까지 불러내봤자 대체 무슨 의미가 있는 건지….

어쨌거나 가보면 모든 것이 분명해질 터.

지금 있는 딜스 왕국에서 사일라그 시티가 있었던 장소까지 순조롭게 가면 대략 20일 정도.

카오스 드래곤(마룡왕)이 쓰러진 지금, 이제 우리들의 앞길을 막는 자는 아무도 없다. 사일라그로 가는 여행은 당연히 순조로울 것이다.

―그렇다면 내가 할 일은 정해져 있다.

"메가 브랜드[爆裂陳]!"

콰아아아아앙!

"우아아아아악!"

내 주문이 어둠 속에 번뜩이자 이리저리 날아가는 도적들!

길을 떠난 지 사흘째 되는 밤이었다.

사일라그로 갈 결심을 하긴 했지만 난 여러 가지 일들로 스트레스를 받고 있었다.

붙잡혀 간 가우리는 무사할까? 과연 내가 헬마스터의 계획을 저지할 수 있을까?

밤이 되어 침대에 누운 다음에도 머릿속이 여러 가지 생각으로 가득해서 잠 못 이룬 날도 있었다.

그런 섬세한 처녀의 마음에 잘 듣는 특효약은 두말할 것도 없이 도적 때려잡기!

평소에 쌓인 근심과 스트레스를! 여러 녀석들에 대한 울분을! 인권이 없는 도적들에게 해소하면 주위 사람들에게서 감사도 받고, 스트레스 해소도 되고, 보물을 강탈해서 한몫 잡을 수도 있으니 그야말로 금상첨화.

뭐, 상황이 바뀌어도 하는 짓은 변하지 않았다는 설도 있긴 하지만….

그래도 도적 때려잡기는 인간으로 살아감에 있어서 의무이다!

좋아, 단언했다.

어쨌거나 그런 이유로 나는 지금도 도적 때려잡기에 심혈을 기울이고 있다.

한밤중에 홀로 여관을 빠져나와 마을에서 떨어진 숲 속에서 도적 소굴을 발견하고 느닷없이 주문을 연속으로 날렸다.

"자, 잠깐 기다려! 너, 너… 우리들에게 무슨 원한이라도 있는 거냐?!"

내 앞에 철퍽 주저앉은 채 꼴사나운 소리를 지껄이는 도적 1.

"아니… 그냥 최근에 스트레스가 좀 쌓여서 말야♡"

"스, 스트레스가 쌓여서라고?!"

솔직하게 대답한 나에게 도적 1은 분노한 표정을 지었다.

"그런 말도 안 되는 이야기가 어딨어?!"

"시끄릿! 말도 안 되는 게 싫다면 애초에 도적질 따윈 안 했어야지!

어쨌거나!

더 이상 박살 나기 싫다면 지금까지 모아놓은 보물들을 얌전히 내놓도록 해!"

"그런…! 너무해…!"

"시끄릿! 너희들도 매일 똑같은 짓을 하고 있잖아!

뭐, 다른 사람들에게 해를 입히는 건 괜찮아도 해를 입는 건 싫다는 성격이니까 도적질 따위를 하고 있는 거겠지만."

"제, 제기랄…."

뭐라 작게 투덜거리던 도적 1의 표정이 순간 변했다.

호오.

"아, 알았어….

있는 걸 다 주면 되는 거지?! 줄게! 줄 테니까 부탁이야! 제발 목숨만은…."

속이 훤히 들여다보이는 대사를 늘어놓기 시작하는 남자를 무시하고 나는 속으로 주문을 외우면서 뒤쪽을 돌아보았다.

그쪽에는 조금 떨어진 곳에서 활로 나를 겨누고 있는 남자가 한 명 있었다.

하지만 안이했어!

아마 도적 1이 내 주위를 끌고 있을 때 뒤에서 쏠 생각이었겠지만 나는 뒤에서 생겨난 살기도, 도적 1의 표정 변화도 아무것도 놓치지 않았다.

돌아본 직후, 외운 주문을 해방하려던 그 순간….

푸욱!

활을 들고 있던 남자의 가슴 언저리가 파열했다!

그대로 남자는 힘없이 쓰러졌다.

밤바람에 섞이는 짙은 피 냄새.

내가 해치운 것은 아니었다. 아직 주문은 발동하지 않았고, 무엇보다도 방금 그 일격은 남자의 뒤쪽에서 날아온 것이었다.

그 앞에 있던 도적들이 수풀 속에서 날아온 빛의 덩어리를 뒤집어썼다. 어떤 이는 머리를, 어떤 이는 가슴을 얻어맞고 속속 땅에 쓰러졌다.

"뭐, 뭐냐…?!"

주저앉은 상태에서 필사적으로 뒤로 물러나는 도적에겐 더 이상 눈길도 주지 않고 나는 주위의 기척을 살폈다.

주위를 에워싸고 있는 숲의 나무들이 초승달 걸린 하늘 아래에 검은 그림자를 만들어냈다.

주위는 거의 냉기와도 가까운 예리한 살기로 충만했다.

물론 도적들이 내뿜은 것은 아니었다.

이건… 혹시?

"이제야 발견했군, 리나 인버스…."

목소리는 방향을 가늠할 수 없는 곳에서 바람을 타고 흘러왔다.

이 목소리는?

"라샤트?!"

나는 어디에 있는지도 모를 상대의 이름을 불렀다.

"그래, 나다."

모습을 내비치지 않은 채 어둠 속에서 목소리만이 울려 퍼졌다.

용장군 라샤트.

카오스 드래곤(마룡왕) 가브의 심복 중 하나로 제로스, 가브, 피브리조의 그늘에 가려 눈에 띄진 않았지만 이 녀석도 어엿한 고위 마족 중 하나이다.

드래곤스 피크에서 카오스 드래곤(마룡왕)에게 상처를 입은 제로스를 뒤쫓아 모습을 감추고.

그후로 나타나지 않았고, 그 밖에 여러 가지 다른 일들도 있었던 탓에 그만 이 녀석을 까맣게 잊고 있었다.

"그러고 보니 네가 있었구나….

존재감이 없어서 잊고 있었어.

―그래서? 뒤쫓던 제로스는 해치운 거야?"

주위의 기척을 살피면서 나는 어둠에 대고 물었다.

"아니. 해치우지 못했다."

선뜻 돌아온 대답에 회한의 감정은 섞여 있지 않았다.

"…그런데? 왜 이제 와서 나타난 거지? 당신은?"

"짐작이 갈 텐데?"

마치 사냥감을 가지고 노는 듯한 끈적끈적한 어조로 목소리는 대답했다.

"그동안 너와 제로스에게 상당히 휘둘렸지….

덕분에 랄타크 님도 죽고, 헬마스터의 덫에 의해 내 주인이신 카오스 드래곤(마룡왕) 가브 님까지 죽고 말았다."

설마 이 녀석…?

"너, 설마 복수하려는 말도 안 되는 생각을 하는 건 아니겠지?"

"그렇다면?"

대답하는 라샤트의 목소리는 매우 태연했다.

야, 잠깐! 너!

"자, 잠깐만!

생각해봐! 애당초 모든 건 계획을 세운 피브리조 녀석의 잘못이니까 복수를 하려면 그 녀석에게 하라고!"

당황한 나는 모든 책임을 헬마스터 피브리조에게 떠넘겼다.

솔직히 말해 이런 녀석과 싸우고 싶지 않았다.

별로 임팩트도 없고 자칫 2류 이하의 느낌까지 드는 녀석이지만, 그건 단순히 다른 마족들이 엄청나게 강했던 탓에 그렇게 보였을 뿐이다.

이 녀석도 용장군이라 불리는 몸, 그렇다면 드래곤 슬레이브 두세 발로 해치우기는 아마 무리일 거다.

제로스는 어딘가로 줄행랑을 쳤고, 헬마스터는 사일라그에서 느긋하게 기다리고 있다. 지금 이 상황에서 이 녀석과 싸워 무사히 승리를 거둘 자신은 없다.

"헬마스터에게 복수하라고?"

목소리는 조용한 어조로 말했다.

"만약 내가 헬마스터에게 덤빈다고 해도 오히려 당할 건 뻔하다.

하지만 헬마스터에게 복수를 한다고 하면…

내가 할 수 있는 일은 오직 하나.

다시 말해 계획의 핵심을 없애는 것뿐."

"잠깐?! 설마?!"

내가 말을 끝마치기도 전에.

쿠궁!

공간이 삐걱거리는 소리를 내며 내 주위를 에워싸듯 여러 개의 빛의 검이 출현했다.

"?!"

콰광!

어둠을 가르고 소리와 빛이 번뜩이며 울려 퍼졌다.

간발의 차이로 쓰러지듯 자리에서 물러나 나는 간신히 위기를 모면했다.

"역시 이 정도는 피하는군…."

목소리는 옆쪽에서 들려왔다.

어둠 속에 떠오르듯 멈춰 서 있는 사람 그림자가 하나.

용의 갑옷을 걸치고 오른손에는 검을 늘어뜨린 남자.

말할 것도 없이 용장군 라샤트였다.

허겁지겁 도망치는 도적들에겐 눈길도 주지 않고 용장군은 물끄러미 나에게 시선을 보냈다.

"하지만 언제까지 그렇게 도망칠 수 있을 거라 생각 마라⋯. 몰디라그!"

라샤트의 목소리와 동시에 내 뒤쪽에서 살기가 일었다!

또 한 마리 있었어?!

뒤를 돌아볼 틈도 없이 나는 크게 옆으로 도약했다.

붉은 빛이 어둠을 가르고 날아와서 방금 전까지 내가 서 있던 주변의 땅에 박혔다.

간신히 일격을 피하고 그쪽을 돌아보니 허공에 떠 있는 그림자 하나.

그것은 인간 여성과 매우 비슷했다.

단 상반신만.

가면처럼 표정이 없는 단정한 얼굴. 투명할 정도로 하얀 피부에 어둠과도 같은 긴 머리카락.

하지만 배의 아래쪽 부분은⋯.

나무뿌리인지 뭔지 알 수 없는 것이 무수히 뒤엉킨 채 제멋대로 여기저기 뻗어 있었다.

그런 하얀 모습이 덩그러니 어둠 속에 떠올라 있었던 것이다.

으스스하다고 해야 할지, 어린애가 보았다면 꿈에 나올 법한 무서운 광경이었다.

몰디라그라 불린 그것은 감정이 티끌만큼도 섞이지 않은 얼굴로 빤히 이쪽을 쳐다보고 있었다.

"헤에… 아직까지도 너를 따르는 녀석이 있었구나."

방심하지 않고 두 사람(?)에게 눈길을 주며 나는 험담을 늘어놓았다.

하지만 라샤트는 내 말에도 여유로운 미소를 지은 채,

"브라스 데몬과 레서 데몬이라면 아직 얼마든지 부를 수 있다.

—주위의 것들을 이용해서 숫자로 밀어붙이는 방법도 있지만 숫자가 적어도 쓸 만한 녀석이 있으면 너를 도망치지 못하게 하는 덴 충분하지."

그렇군. 소수 정예란 말이지?

이건… 분명히 말해 엄청 불리하다.

보아하니 이 몰디라그라는 녀석은 전에 싸운 듀그르드나 구두자와 비슷한 수준인 듯하다.

결코 해치우지 못할 상대는 아니지만 그것은 어디까지나 일대일로 싸웠을 경우의 이야기.

라샤트가 주 공격을 맡고 이 녀석이 지원에만 전념한다면 도망치기 어려울 거다.

그렇다면 어떻게 해야….

"간다! 리나 인버스!"

하지만 내 방침이 결정되기도 전에 라샤트는 일방적으로 선언하고 주위에 빛의 구슬을 여러 개 만들어냈다!

"큭!"

나는 크게 옆으로 뛰어서 가까이에 있는 나무 뒤로 숨었다.

콰광!

라샤트가 쏜 에너지 구슬이 엄폐물로 삼고 있던 나무를 박살 낸 순간, 나는 주문을 외우면서 달리기 시작했다.

하지만 얼마 가지도 않아서….

전방에 있던 어둠이 한순간 부옇게 흔들리더니 몰디라그의 하얀 모습을 만들어냈다.

공간을 이동한 건가?!

하지만 이건 이미 예상하고 있었던 일이었다.

"에르메키아 란스[烈閃槍]!"

하얀 마족이 출현한 것과 동시에 나는 외운 주문을 해방했다!

상대의 정신에 직접 대미지를 입히는 기술이다. 이 일격으로 해치우기는 어렵겠지만 맞으면 아플 게 틀림없다.

상대가 피하는 한순간을 노려 이곳을 돌파할 생각이었다.

하지만.

지익!

몰디라그가 아무 말 없이 한순간에 만들어 쏜 빛의 창은, 내가 쏜 빛의 창을 너무나 쉽게 격추했다!

앗?!

틈을 주지 않고 다시 빛의 창을 만들어내는 몰디라그.

주문을 외울 틈은 없었다. 나는 황급히 진로를 바꾸었다.

에잇! 이렇게 된 바엔!

"포기해라! 리나 인버스!"

다음 주문을 외우기 시작한 내 뒤쪽에서 용장군 라샤트의 목소리가 울려 퍼졌다.

다시 진로를 바꾼 내 옆쪽에서 빛이 어지러이 번뜩였다.

나는 잇달아 날아오는 공격을 간신히 피하며 라샤트로부터 떨어진 방향을 향해 달려갔다.

그리고 예상대로 다시 내 앞길에 모습을 드러내는 몰디라그.

걸려들었다!

그 순간 나는 주문을 해방했다!

"드래곤 슬레이브!"

이 세계의 마왕인 루비 아이, 샤브라니구두의 힘을 빌린 술법이다. 이 일격으로 죽지는 않더라도 상당한 대미지를 입을 게 분명하다. 그렇다면 어딘가에 허점이 생길 터.

어둠에 만들어진 붉은 빛이 하얀 마족에게 집결되는 순간.

쿠오오오오오!

짐승 소리와 비슷한 외침이 내 뒤쪽에서 들려왔다.

동시에 드래곤 슬레이브의 붉은 빛이 어둠 속에 녹아 사라졌다!

아닛!

"어림없다!"

의기양양한 목소리로 외치는 라샤트.

그렇구나! 이 녀석이 몰디라그를 노리는 내 드래곤 슬레이브를 깨뜨린 거였어!

여하튼 이 녀석도 고위 마족, 이 정도 재주를 가지고 있다 해도 이상할 게 없다.

하지만 이렇게 되면 본격적으로 위험하다.

몰디라그를 해치우지도 못하고, 도망치지도 못한다면 이대로 놀림을 당하다가 죽을 뿐이다.

라그나 블레이드를 쓰면 해치우지 못할 것도 아니지만 그것도 피해버리면 끝이다. 그리고 마력이 바닥나 있을 때 공격당하면 더 이상 손써볼 도리가 없다.

그렇다면….

이런 식으로 이것저것 생각하면서, 몰디라그가 쏜 빛의 창을 피하기 위해 땅을 박찬 발이 주룩 미끄러졌다.

아뿔싸!

쓰러질 뻔한 것을 간신히 버티고 오른쪽으로 뛰었다.

하지만….

"크윽!"

순간 왼발에 타는 듯한 충격이 일었다.

착지와 동시에 균형을 잃고 나는 그 자리에 쓰러졌다.

욱신거리는 듯한 통증이 그제야 비로소 찾아왔다.

발이 미끄러져 제대로 피하지 못한 것이리라.

살펴보니 장화의 발목 부근이 거의 재로 변해 있었다.

실제로 어느 정도의 대미지인지 보는 것만으로는 알 수 없었지만, 더 이상 발목 밑의 감각은 없었고 움직일 수도 없었다.

"아무래도 이제 끝인 것 같구나, 리나 인버스…."

말하면서 라샤트는 천천히 다가왔다.

"그 발로는 이제 움직이지 못할 터…."

그는 나에게서 조금 떨어진 장소에 멈춰 서서 차분한 시선을 내 쪽으로 보냈다.

몰디라그는 여전히 무표정인 채 조금 떨어진 장소에 가만히 떠올라 있었다.

"인간치곤 꽤 하는 편이었지만 결국은 이 정도인가?

원망하려면 너에게 눈독을 들인 헬마스터를 원망해라.

하지만 편하게 죽을 수 있을 거라곤…."

라샤트는 거기서 갑자기 말을 끊더니 하얀 마족 쪽을 돌아보고,

"몰디라그!"

외친 그 순간.

"라 틸트!"

아멜리아의 목소리가 울려 퍼졌다!

하지만 그보다 한발 앞서 하얀 마족은 어둠 속으로 사라졌다.

"칫… 쓸데없는 녀석이 와버렸군."

라샤트는 혀를 한 번 차고 다시 내 쪽을 돌아보더니,

"목숨을 건졌구나, 오늘은….

하지만 아직 시간은 있다.

무사히 사일라그까지 갈 수 있을 거라고는 생각 마라."

하고 싶은 말만 하고 용장군 라샤트는 순식간에 어둠 속으로 사라졌다.

"리나!"

그와 거의 동시에 수풀을 헤치고 달려오는 아멜리아와 제르가디스.

"괜찮아요?!"

"괜찮아. 발을 좀 다쳤지만….

그보다 두 사람은 모두 어떻게 이곳에?"

"이렇게 마을 근처에서 소란을 피우면 누구든 보러 오기 마련이에요.

그보다 상처는요?"

아멜리아는 내 발을 한 번 보더니 약간 눈살을 찌푸리고 '리서렉션[復活]' 주문을 외우기 시작했다.

평범한 상처라면 '리커버리[治癒]'로 충분하지만 '리서렉션'을 쓰는 것을 보건대 아무래도 상당히 심한 상처인 듯하다.

"우리들이 도착하기 전에 사라진 그 녀석…, 라샤트인가 하는 녀석이 맞지?"

제르가디스의 말에 나는 작게 고개를 끄덕였다.

"아무래도 가브의 복수를 하러 온 모양이야…."

"복수?"

내 말에 제르가디스는 조금 미간을 좁혔다.

"꽤 의리 있는 녀석이군. 마족 주제에."

"나도 그렇게 생각해.

봤을 거라 생각하지만 몰디라그인가 하는 하얀 녀석을 한 마리 데려왔더라고."

"그렇군. 그렇다면…."

"그래…."

나는 험악한 표정으로 밤하늘을 올려다보고 중얼거렸다.

"아무래도… 여행이 별로 순조로울 것 같진 않아."

넓은 길을 짐마차가 오가고, 주위를 가득 메운 사람들의 물결이 술렁임을 만들어내고 있다.

길가에는 노점이 잇달아 서 있고 가지각색의 물건을 파는 상인들의 목소리가 섞여서 울려 퍼진다.

딜스 왕국 남단의 도시 루알드 시티.

랄티그 왕국의 국경 근처에 위치한 교역 도시이다.

여행을 시작한 지 벌써 6일. 우리들은 겨우 여기까지 도착했다.

여기에서 랄티그 왕국을 거쳐 라이젤 제국으로 들어가서 사일라그로 갈 예정이다.

다른 나라를 통과한다고 하니 꽤 돌아가는 것처럼 들리겠지만 알고 보면 이것이 사일라그로 가는 최단 코스이기도 하다.

"그럼 오늘은 여기서 하룻밤 묵자."

"뭐라고요?!"

말한 내 옆에서 아멜리아는 별안간 과장된 어조로 소리를 내질렀다.

"어째서요?

가우리 씨가 적의 손에 떨어지고 라샤트도 우리들을 노리고 있는 이상, 느긋하게 굴 틈은 없다고요!

그리고 사일라그에 도착하면 라샤트도 손을 쓰지 못할 거예요.

그러니까 여유 따위 부리지 말고 얼른 다음 마을로 가요!"

힘차게 역설하고 먼 곳을 향해 손가락을 척! 가리켰다.

저기… 무슨 말을 하고 싶은지는 알겠는데….

인파 한가운데에서 정의의 열혈 자세는 취하지 마. 본인은 괜찮을지 몰라도 함께 있는 사람은 엄청 창피하니까.

아, 제르가디스. 저쪽에서 일행이 아닌 척하고 있다.

"있잖아, 아멜리아."

주먹에 힘이 들어간 그녀의 한 손을 내 쪽으로 잡아당기고 그 귓전에 작은 목소리로,

"사일라그에 도착하면 라샤트는 나오지 않을지 몰라도 대신 피브리조가 있다고. 거기엔…."

"우…."

헬마스터의 이름이 나오자 땀을 흘리는 아멜리아.

라샤트도 위험한 녀석이긴 하지만 사일라그에서 기다리고 있는 헬마스터 피브리조는 그보다 몇 배 더 무서운 상대였다.

"뭐, 서둘러야 하는 건 사실이지만 말야.

아직 해가 중천에 떠 있긴 해도 지금 이곳을 떠난 다음 마을이

나 도시에 도착하기 전에 아마 날이 저물고 말 거야.

노숙 같은 걸 했다간 라샤트더러 '습격해줘'라고 말하는 거나 마찬가지고, 그렇지 않더라도 무리하다가 몸 상태가 나빠지기라도 하면 오히려 더 지체될 뿐이야."

"그야 뭐, 그렇지만…."

아멜리아는 복잡한 표정으로 나를 정면에서 바라보더니,

"리나, 당신… 가우리 씨가 걱정되지 않아요?"

"그야 뭐… 당연히 걱정되지만…."

나는 괜히 시선을 돌리고 뺨을 긁적이면서,

"하지만 뭐랄까,

가우리는 죽여도 죽지 않을 것 같은 이미지잖아?

그리고 왠지 가우리는 무사할 거란 생각이 들어.

뭐, 어디까지나 '왠지'지만."

"그렇군요."

이만 납득했는지 중얼거리며 그녀는 희미하게 미소 지었다.

"그럼 오늘은 이곳에서 하룻밤 묵기로 하죠."

"그래. 일단 어딘가에 여관을 잡고 짐을 풀어놓은 다음…."

말하면서 나는 주위를 이리저리 둘러보았다.

——?!

거리의 한 지점에서 내 시선이 멈추었다.

넘쳐나는 인파 속, 한순간 보인 그 모습은….

"왜 그래요? 리나?"

묻는 아멜리아에게 나는 그쪽에 시선을 고정한 채,

"잘못 본 건지, 아니면 그저 닮은 사람인지 모르겠지만,

—아까 저곳에 있었어."

"뭐가요?"

"아는 얼굴이…."

"그러니까 누가요?"

나는 잠시 주저하다가 그 이름을 작게 입에 담았다.

"헬마스터 피브리조 말야."

"설마요?!"

그녀는 작게 소리쳤다.

"그 녀석, 사일라그에서 기다린다고 했잖아요?! 그런데 어째서 이런 곳에?!"

"모르지. 단순히 내가 잘못 보았을 가능성도…."

목구멍까지 나왔던 말이 목에서 얼어붙었다.

내가 시선을 보낸 저편.

인파가 잠시 끊긴 사이를 누비는, 검고 작은 망토 차림이 한순간이지만 분명히 보였다.

살짝 곱슬기가 있는 검은 머리카락. 여자아이로 착각할 것 같은 가지런한 얼굴.

둥글고 크지만 차가운 빛이 담긴 그 눈동자는 분명 내 쪽을 보고 있었다.

틀림없다. 저건….

생각한 그 순간.

그의 모습은 인파 속에 파묻혀 보이지 않게 되었다.

"찾았어! 저쪽이야!"

소리를 지르고 나는 그쪽을 향해 달려갔다.

하지만 거리를 가득 메운 사람들을 헤치고 간신히 그가 있던 곳에 도착했을 무렵에는 당사자인 헬마스터의 모습은 보이지 않았다.

"정말로 있었어?"

"틀림없이 있었는데…."

조금 뒤처져서 온 제르가디스의 질문에 나는 조금 자신이 없는 어조로 대답했다.

틀림없다고 생각은 하지만 아무튼 본 것은 한순간의 일이었다.

그리고 이미 주위에는….

"저기!"

갑자기 큰 소리를 지르더니 아멜리아는 손가락으로 거리의 한편을 가리켰다.

그곳에는 큰길에서 갈라진 골목 안으로 들어가고 있는 작은 망토의 뒷모습.

"뒤쫓자!"

일방적으로 선언하고서 나는 다시 인파를 헤치고 그쪽으로 향했다.

그곳은 좁은 외갈래 길이었다.

골목이라기보다는 오히려 건물 사이의 틈새라고 부르는 편이 옳을지도 모르겠다.

사람 한 명이 겨우 지나갈 수 있을 만한 폭이었다.

좌우로 높이 솟아 있는 벽돌 벽은 골목에 깊은 어둠을 드리우고 있었다.

먼 곳에서 작은 불빛이 새어 나오고 있는 걸로 보아 역시 이 반대편은 다른 길로 이어져 있는 모양이다.

그 희미한 빛에 생긴 한 점의 검은 얼룩처럼, 이쪽에 등을 돌리고 안으로, 안으로 들어가는 하나의 작은 그림자.

이곳에선 그 뒷모습밖에 보이지 않았지만 역시 꼭 빼닮았다.

헬마스터 피브리조를.

"잠깐!"

골목 안에 대고 소리를 질렀지만 그 검은 사람 그림자는 눈치채지 못했는지 그저 묵묵히 걸음을 옮겼다.

어쩔 수 없이 나는 골목 안으로 뛰어 들어갔다.

아멜리아와 제르, 두 사람도 바로 뒤를 따랐다. 길이 좁은 탓에 숄더 가드가 좀 거치적거렸지만 벗을 틈이 없었다.

우리들이 뒤쫓고 있다는 걸 눈치챘는지 못 챘는지, 검은 그림자는 오른쪽으로 꺾은 다음 다른 골목길로 들어갔다.

물론 저것이 헬마스터 피브리조라면 우리들의 존재를 눈치 못 챘을 리가 없겠지만.

그림자는 여전히 아무 말 없이 좁고 어두운 골목을 빠져나갔다.

느릿한 걸음걸이였지만 달리다시피 뒤쫓고 있는 우리들과의 거리는 전혀 줄어들지 않았다.

그렇다는 건 역시 평범한 인간은 아니라는 말인가?!

계속해서 뒤를 쫓아가자 별안간 눈앞의 공간이 넓어졌다.

작은 집 한 채가 간신히 들어갈 수 있을 만한 정도의 넓이였다.

의식하고 만든 광장은 아닐 것이다. 주위가 창이 없는 벽돌 벽으로 높이 둘러싸여 있어서 어두운 그림자가 이곳을 온통 뒤덮고 있었다.

하지만 주위를 죽 둘러보아도 사람은 아무도 없었다.

그곳에서 뻗어 나온 골목을 들여다보기도 했지만 역시 아무도 보이지 않았다.

"사라졌군…."

제르가 작게 중얼거렸다.

사라진 것 자체는 그리 신기한 일이 아니었다.

상대가 피브리조라면 공간을 이동해서 모습을 감추는 정도는 식은 죽 먹기일 테니까.

하지만 이해가 안 되는 건, 결국 모습을 감출 거라면 왜 우리들을 유인하는 듯한 행동을 했느냐 하는 것이다.

혹시 어쩌면….

"잘 와주었다, 리나 인버스."

귀에 익은 목소리가 우리들의 뒤쪽, 방금 우리들이 지나온 골목쪽에서 들려왔다.

황급히 그쪽을 돌아보자 검은 망토를 걸치고 조용히 서 있는 작은 사람 그림자.

—분명 그것은 헬마스터 피브리조의 형태를 갖추고 있었다. 하지만—

"이 모습으로 얼쩡거리면 반드시 따라올 거라고 생각했지."

그러나 그 입에서 흘러나온 목소리는 소년이 아니라 어른 남자의 것.

용장군 라샤트의 목소리였다.

그 모습이 흐릿하게 흔들리더니 다음 순간, 용 갑옷을 몸에 두른 낯익은 모습으로 변했다.

"그렇구나. 아무래도 완전히 한 방 먹은 모양이야…."

나는 씁쓸한 어조로 중얼거렸다.

고위 마족에게 겉모습은 어차피 허울에 불과하다. 그렇다는 건 그들은 어떤 모습이든 마음먹은 대로 바꿀 수 있다는 소리.

라샤트의 입장에선 피브리조와 같은 겉모습으로 변하기란 식은 죽 먹기였을 것이다.

"지난번엔 훼방꾼이 끼어들었지만 이곳에선 도망칠 수 없을 거다."

라샤트의 말대로였다.

이곳에선 우리들이 도망칠 방법이 없었다. 골목길로 도망친다 해도 마력탄 같은 걸로 공격하면 피할 방법이 없다.

그리고 아직 모습을 드러내지는 않았지만 그 몰디라그인가 하는 하얀 녀석도 어딘가 가까운 곳에 있을 것이 분명하다.

　게다가 상대는 용장군. 그리고 마을 안인 까닭에 우리 입장에선 그리 과격한 술법을 쓸 수도 없다.

　불리하다는 건 통감하고 있었지만 어찌 됐든 이렇게 된 이상, 어떻게든 해볼 수밖에 없다!

　우리들은 제각각 속으로 주문을 외우기 시작했다.

　그리고.

　"간다!"

　라샤트의 목소리가 주위에 울려 퍼졌다.

2. 내 앞길을 가로막는 용장군 라샤트

"샤악!"

뱀이 내는 소리와 비슷한 기합과 함께 라샤트가 손에 든 검을 내리쳤다.

검의 사정거리보다 훨씬 밖이었다. 보통이라면 단순한 헛손질에 불과하지만,

슈욱!

휘두른 검이 만들어낸 충격파 같은 것이 공간을 가르며 날아왔다!

즉시 자리에서 물러나는 세 사람.

라샤트가 쏜 공격은 허무하게도 공간을 가르고 벽돌 벽에 부딪치고는 사라졌다.

명중한 벽돌 벽에는 아무런 변화도 보이지 않았지만 그렇다고 그것이 인간에게 무해하다고 단정할 수도 없었다.

일단 반격 개시! 나는 다 외운 주문을 해방했다.

"담 브라스[振動彈]!"

마력을 진동파로 바꾸어 표적을 박살 내는 술법이다. 물론 이런 술법은 라샤트는 물론이고, 본래 정신 생명체인 순마족에겐 대미

지를 입히는 것조차 불가능하다.

그러나 내가 노린 것은 붉은 용장군이 아니라 근처에 있던 벽돌 벽이었다.

—솔직히 말하면 난 용장군 라샤트를 해치울 수 있는 주문을 두 개 정도 알고 있다.

그중 하나는 다름 아닌 카오스 드래곤(마룡왕) 가브조차 베어버린 라그나 블레이드.

하지만 그것은 검의 형태를 취하고 있기에 접근해서 맞혀야만 한다. 만약 이곳에서 술법을 발동시킨다고 해도 라샤트가 하늘로 도망치면 그걸로 끝. 단순한 마력 낭비이다.

그래서 일단 가까운 벽을 뚫은 다음 그곳으로 도망칠 것처럼 오인시켜놓고, 라샤트가 쫓아오면 실내라는 한정된 공간 안에서 라그나 블레이드로 공격을 가한다!

—그럴 생각이었다.

하지만.

내가 쏜 담 브라스는 벽돌 벽에 부딪히더니,

그걸로 끝이었다.

바위 벽조차 박살 내는 일격을 맞았으나 벽돌 벽에는 흠집 하나 생기지 않았다.

"아닛…?!"

무심코 놀람의 소리를 내지르는 나.

"소용없다! 리나 인버스!

아직 눈치 못 챘느냐?! 이미 이곳은 내 결계 안이다! 여기선 어떤 공격 주문을 쓴다 해도 마을에 흠집 하나 내지 못한다! 쉽게 도망칠 수 있을 거라 생각 마라!"

라샤트는 노골적인 조소를 보냈다.

그렇군…. 무슨 일이 있어도 여기서 결판을 낼 생각인가?

하지만 라샤트의 방금 말은, 뒤집어서 말하면 여기서 내가 드래곤 슬레이브 같은 걸 날린다고 해도 마을에 피해는 없다는 말이 된다.

뭐, 그런 걸 날린다면 마을은 둘째치고 안에 있는 우리가 무사할지는 좀 의문이지만….

그런 식으로 이것저것 생각하는 사이에 아멜리아가 주문을 완성했다.

"라 틸트!"

하지만 그보다 먼저 라샤트의 모습이 미미하게 흔들렸다.

그 온몸을 푸르스름한 불기둥이 감싸더니, 다음 순간 용장군의 모습이 푸른 빛 속으로 산산이 흩어졌다!

"해치운 건가?!"

의문이 섞인 소리를 내지르는 아멜리아. 하지만 아직!

그녀의 뒤쪽 공간이 작게 흔들리더니 검을 늘어뜨린 라샤트의 모습을 만들어냈다!

정신체 한 조각을 미끼로 남겨두고 본체는 공간을 이동하는 수법. 전에 어느 마족이 쓰던 것과 같은 방법이었다.

라샤트는 아멜리아를 향해 검을 치켜 올렸다.

"라 틸트!"

다음 일격은 제르가 쏜 것이었다. 이것은 예상하지 못했는지 용장군이 이번엔 제대로 빛에 감싸였다!

"크아아아악!"

분노로 포효하는 라샤트.

하지만 그뿐이었다.

아멜리아가 황급히 그 자리에서 물러나는 것과 거의 동시에, 푸른 빛의 기둥은 깨끗하게 사라졌다.

"건방지게…."

라샤트는 분노로 그 얼굴을 일그러뜨리며 제르를 향해 검풍의 충격파를 날렸다.

제르가디스는 그 일격을 손쉽게 피했지만….

그 순간,

공간이 흔들리더니 하얀 마족 몰디라그가 모습을 드러냈다.

제르가디스의 바로 뒤에!

"―아닛?!"

균형을 미처 잡을 틈도 없이,

몰디라그가 만들어낸 마력의 화살이 제르에게 명중했다!

"크윽!"

견디지 못하고 앞으로 쓰러지는 제르가디스.

아무래도 목숨에 지장은 없는 듯했지만, 이래선 얼른 결판을 내지 않으면 상황이 악화될 뿐이다.

그렇다면 일단 만만한 몰디라그부터 치는 게 상책!

"라그나 블래스트[冥王崩魔陣]!"

나는 외운 주문을 해방했다!

하지만 그보다 약간 빠르게 하얀 마족은 허공에 몸을 숨겼다.

내가 만들어낸 마력의 기둥은 허무하게 허공에 어둠의 플라스마를 흩뿌릴 뿐이었다.

몰디라그가 모습을 감춘 타이밍은 내 술법에서 도망치기 위해서였다고 하기엔 너무 일렀다.

아마 누군가에게 일격을 가하고 다시 허공으로 도망치는 것이 사전에 준비한 전법일 것이다.

거의 치기배와 같은 수법인데, 그만큼 성가시기 이를 데 없다. 언제 어디에서 나타나 대체 누구를 노릴 것인지, 모든 것은 하얀 마족이 마음먹기 나름이다.

그렇다면 그 행동을 예측해서 공격을 하기란 거의 불가능.

게다가 술법을 쓰려면 어떻게든 주문을 외우는 만큼의 시간이 걸린다. 이래선 몰디라그의 전법에 대응하기란 어려울 거다.

가우리의 빛의 검이 있다면 어떻게 될지도 모르겠지만, 없는 것을 투정해봤자 어쩔 수 없는 일.

결국 라그나 블레이드 같은 걸로 라샤트에게 승부를 거는 것뿐인가?

그렇게 마음을 먹었으면 당장 실행! 우물쭈물할 여유는 없다!

증폭의 탤리스먼의 힘을 빌려 나는 주문을 외우기 시작했다.

　―천공의 징계에서 해방된
　얼어붙은 허무의 칼날이여
　내 힘 내 몸이 되어
　함께 멸망의 길을 걸을지니
　신들의 혼조차도 깨뜨리는―

라그나 블레이드. 다만 불완전 버전이다.

완성판 쪽이 파워가 있긴 하지만 소모가 너무 심하다. 한번 공격이 빗나가면 더 이상 희망이 없다.

물론 불완전 버전도 소모는 심하지만, 지속 시간이 어느 정도 있고 이것이 충분히 통하는 상대이기도 했다.

나는 라샤트를 향해 달려갔고,

"음?!"

내 움직임을 눈치채고 그가 돌아보았을 때, 나는 이미 그의 바로 앞까지 다가든 참이었다!

"라그나 블레이드!"

가까운 거리에서 나는 술법을 발동시켰다!

양손바닥 안에 어둠의 칼날이 만들어졌다!

그대로 나는 라샤트를 향해 쳐올리듯 베었다!

하지만….

"칫!"

혀를 한 번 차더니 라샤트는 크게 옆으로 뛰어서 나의 일격을 가볍게 피했다.

생각보다 움직임이 빠르다!

방금 그 거리라면 검으로 막을 거라 생각했는데 설마 피할 줄이야….

어둠의 칼날을 경계해서인지 황급히 나에게서 멀리 떨어지는 라샤트.

에잇! 이렇게 된 바엔 실험이나 해보자!

라그나 블레이드를 발동시킨 채 라샤트가 서 있던 장소를 지나쳐서 벽돌 벽을 베었다.

파악!

좋아! 반응이 있다!

라샤트의 결계로 지켜지고 있던 벽을 어둠의 칼날은 너무나 쉽게 베어버렸다!

"말도 안 돼?! 내 결계를?!"

경악해서 고함을 지르는 라샤트.

좋아! 됐어!

나는 잇달아 어둠의 칼날을 휘둘러서 벽돌 벽에 사람 하나가 겨우 통과할 수 있을 만한 구멍을 뚫었다.

말할 것도 없이 최초의 계획(라샤트를 실내로 유인해서 이걸로 승부한다)을 실행에 옮길 생각이다.

그러나 나도 소모는 심했다. 앞으로 딱 한 번, 라그나 블레이드의 불완전판을 짧은 시간 동안 발동시키는 것이 고작일 것이다.

그래도 어찌 됐든 해볼 수밖에 없다!

그렇게 생각하던 찰나.

라샤트가 우리들에게서 크게 물러나서 거리를 벌렸다.

"설마 내 결계가 깨질 줄이야…! 뭐, 좋아! 승부는 다음번으로 미룬다!"

일방적으로 말하더니 허공으로 모습을 감추었다.

"어…?!"

너무나 갑작스러운 퇴장에 무심코 미간을 좁히는 아멜리아.

"후퇴한 건가…?

아니면 그렇게 착각하게 해놓고 주위에 숨은 것일지도…."

겨우 몸을 일으키더니 방심하지 않고 주위로 시선을 보내는 제르가디스.

그러나 이미 주위에는 아무런 기척도 존재하지 않았다.

"아무래도 정말로 간 모양이야."

중얼거리고 나는 크게 한숨을 내쉬었다.

"으음…."

와인으로 볶은 양고기를 나이프와 포크로 찌르면서 나는 낮은 신음 소리를 흘렸다.

요리가 맛이 없는 것은 아니다. 특상급… 까지는 아니더라도 꽤

맛있다.

나는 다른 생각을 하고 있었다.

루알드 시티에서 습격을 받은 지 벌써 3일이 지났다.

그동안 라샤트의 습격은 없었고, 우리 세 사람도 라이젤 제국령 내로 들어와 있었다.

"―왜 그래요? 리나?"

내가 흘린 신음 소리에 아멜리아는 크림소스를 듬뿍 끼얹은 랍스터를 먹으면서 물어봤다.

"아니, 조금….

이것저것 생각할 게 있어서…."

말하고 곁들인 당근을 한입.

"이것저것?"

"응.

…루알드 시티에서 라샤트 녀석은 나에 의해 결계가 깨지자 너무나 쉽게 물러났는데,

왜 그랬을까 싶어서."

"지금까지도 그랬는데요, 뭘."

감자를 먹으면서 말하는 아멜리아.

"상관없는 사람을 말려들게 하는 걸 싫어했잖아요?"

"그래. 그게 문제야….

녀석들이 어째서 아직도 상관없는 사람을 말려들게 하는 걸 싫어하는지가 의문이야."

미간을 좁히며 중얼거린 나에게 아멜리아와 제르 두 사람은 이제 와서 무슨 소리냐는 식의 시선을 보냈다.

"드래곤과 엘프를 자기들 편으로 끌어들이기 위한 가식적 행동이야.

자기들은 카타트 녀석들과는 다르다는 걸 보여주고 싶었던 거겠지."

"그리고 눈에 띄지 않기 위해서요."

제르의 말에 아멜리아가 덧붙였다.

"너무 큰 소동을 일으키면 헬마스터에게 자신들의 움직임이 노출될 테니까

그걸 두려워한 거겠죠.

실제론 훤히 다 알고 있었던 모양이지만."

"그럴까…?"

두 사람의 말에 건성으로 대답하고 고개를 끄덕이는 나.

방금 두 사람이 말한 것이 카오스 드래곤(마룡왕) 일파가 나 외의 사람을 상처 입히지 않았던 이유일 것이다.

—거기까지는 알 수 있다. 하지만….

"리나 씨?!"

별안간 나를 부르는 소리가 뒤쪽, 즉 가게 입구에서 들려왔다.

어? 이 목소리는…?

무심코 그쪽을 돌아보니 그곳에는 낯익은 사람 그림자가 하나.

나이는 스물 남짓. 길게 기른 검은 머리카락. 연자색 신관복을

입은 여성.

"실피르?!"

그랬다.

전에 사일라그에서 만나 세이룬까지 함께 여행을 했던 적이 있는 그녀였다.

세이룬 시티에서 이미지와 현실의 차이를 그대로 옮겨놓은 듯한 필 씨를 만나 졸도한 걸로 아는데….

뭐, 그렇게 언제까지나 실신해 있을 리는 없지만서도….

"무슨 일이야? 실피르. 어째서 네가 이런 곳에?!"

나는 테이블 사이를 이리저리 헤집고 찾아온 그녀에게 물었다.

"왜긴요….

요 근방에서 며칠 사이에 도적단이 여럿 괴멸되었다는 소리를 듣기도 했고요, 이 마을에 도착한 후에는 여관에서 모든 메뉴를 먹어치우고 있는 가슴 작은 여마법사가 있다는 소문을 들었기에, 혹시나 해서…."

시비 거는 거야? 이 여자….

그리고 보니 실피르는 겉보기엔 청초한 미인이고 말투도 정중하지만 꽤 왈가닥 기질이 있긴 했다.

"그게 아니라! 무슨 일로 이런 곳에 있는 거냐고 묻는 거야!"

"그건…. 아, 그전에…."

실피르는 제르가디스 쪽으로 몸을 돌렸다.

"오랜만이에요. 지난번엔 신세 많이 졌습니다."

"아, 딱딱한 인사는 접어두라고. 여하튼 잘 지내는 모양이군."

"예. 덕분에요."

라고 말하고 그녀는 이번엔 아멜리아에게 시선을 돌리더니,

"이분은?"

"아멜리아 윌 테슬러 세이룬이에요."

일부러 자리에서 일어나 인사하는 그녀.

"정중한 소개에 감사드려요. 전 실피르 넬스 라다라고 합니……."

말하려다 말고 실피르의 표정이 웃는 얼굴 그대로 순식간에 얼어붙었다.

"아멜리아… 윌 테슬러… 세이룬… 씨…?"

"예."

떨리는 목소리로 중얼거리는 실피르의 귓가에 나는 작게 중얼거렸다.

"동경하던 피리오넬 씨의 따님이야."

"싫어어어어어어! 말하지 마요오오오! 그 일은! 떠올리고 싶지 않아아아아아!"

실피르는 반쯤 우는 목소리로 머리를 감싸 안고 외쳤다.

아무래도 그 사건이 완전히 심리적 외상으로 남은 모양이다.

뭐, 그 기분이 이해되지 않는 바는 아니지만….

이미 익숙해졌다고 생각하는 나조차 방금 속삭였을 때, 나도 모르게 온몸에 소름이 돋았다.

필 씨를 직접적으로 모르는 제르가디스와 애초에 그것이 당연한 아멜리아는 어안이 벙벙한 표정으로 그런 우리들의 행동을 지켜보고 있었다.

"그, 그런데…."

그래도 간신히 마음을 가다듬었는지 실피르는 고개를 들고 내 얼굴을 정면으로 바라보더니,

"가우리 님의 모습이 보이지 않는데요…."

뜨끔!

그, 그리고 보니 이 사람은 가우리에게 마음이 있는 듯한 태도를 보였었지….

"설마…?"

성큼 한 발짝 좁혀 들어오자 나는 의자에 앉은 상태에서 반사적으로 몸을 젖혔다.

"설마 리나 씨?! 누군가에게 팔아넘긴 건 아니겠죠?!"

"못 팔아, 못 팔아."

"그럼 빛의 검을 빼앗고 가우리 님을 길가에 버렸다든지?!"

"날 뭘로 보고 있었던 거야?! 넌?!"

"그럼 대체 어떻게 했죠?! 가우리 님을?!"

"가, 가우리는…."

"가우리 님은?!"

"헬마스터 피브리조에게 잡혀갔어♡ 에헤헤♡"

아주 잠시 사이를 두고….

"후욱…."

실피르는 그 자리에서 졸도했다.

"졸도해 있을 때가 아닌 것 같군요."

의외로 쉽게 마음을 추스르고 그녀는 내 옆자리에 앉았다.

무릎이 조금 떨리고 있는 걸 보건대 아직 완전히 추스른 것 같지는 않지만….

"어쨌거나 일단 들려주시겠어요? 대체 무슨 일이 있었는지."

그 말을 듣고 나와 제르, 아멜리아는 서로 얼굴을 마주 보았다.

사정을 설명하기란 쉽다.

하지만 그렇게 하면 이번 일에 그녀도 끌어들이게 된다.

그렇다고 해도 이미 헬마스터의 이름이 입 밖에 나와버렸고, 말려들게 하고 싶지 않아서 이야기할 수 없다고 말한다 해서 과연 실피르가 얌전히 물러날 것인지도 의문이었다.

"그래…."

잠시 생각한 후 나는 한숨을 쉬며 중얼거렸다.

"하지만 이야기를 하기 전에 한 가지 확인해두고 싶어.

이건 꽤 큰 사건이야.

들은 이상, 아마 어떻게든 이 사건에 말려들게 될 거야.

뭐, 들은 후에 '역시 안 들은 걸로 한다'는 방법도 있긴 하지만
….

그래도 듣고 싶어?"

"듣겠어요."

주저 없이 딱 잘라 말했다.

실피르는 내 질문에 고개를 끄덕였다.

"오케이. 알았어."

우리들은 지금까지의 대략적인 경위를 그녀에게 이야기했다.

제로스에 대한 것. 카오스 드래곤(마룡왕) 일파에 대한 것. 클리어 바이블에 대한 것. 헬마스터에 대한 것.

가우리가 잡혀가고 그 뒤를 쫓아 우리들이 사일라그로 향하고 있다는 것.

—그리고 지금 내가 가브 일파의 생존자인 용장군 라샤트에게서 목숨을 위협받고 있다는 것.

—내가 모든 이야기를 마친 그 얼마 후.

"그렇게 된 거였군요…."

실피르는 조용한 목소리로 중얼거렸다.

그러나 침착한 어조 속에 필사적으로 내심의 동요를 억누르려 하고 있다는 것은 그 표정을 보면 알 수 있었다.

"쉽게 말해 가우리 님은 당신을 사일라그로 불러들이기 위한 인질로 잡혀갔다는 말이군요."

"그, 그렇게 된 거지."

무언가 무서운 것을 느끼고 무심코 뒤쪽으로 물러나는 나.

"흐음, 그렇군요."

하지만 그녀는 혼자 무언가를 생각하면서 고개를 끄덕였다.

"저, 저기… 실피르?"

내 부름에 그제야 그녀는 시선을 이쪽으로 돌리고,

"그러고 보니 아직 이야기하지 않았군요. 제가 왜 이런 곳에 있는지."

별안간 그녀는 화제를 바꾸었다.

"으, 응…."

"저는 세이룬 시티에서 마법 의사 일을 하시는 삼촌 댁에 신세를 지면서 그 조수를 맡고 있었어요."

약간 당황한 나에겐 개의치 않고 그녀는 이야기를 시작했다.

"그러던 어느 날,

어떤 환자분에게서 이상한 이야기를 들었어요.

그분은 떠돌이 행상을 하시던 분이었는데,

이렇게 말씀하더군요.

얼마 전에 사일라그를 지나가는데 그 큰 나무가 사라졌다,

대체 어떻게 된 일일까?"

"신성수가 사라졌다고?"

실피르의 말에 나는 미간을 좁혔다.

사일라그 마을 한복판에는 거대한 나무가 한 그루 있다.

주위의 독기를 흡수해서 성장의 양분으로 삼는 그것은, 신성수 프라군이라는 이름으로 알려져 있었다.

사일라그의 마을이 다시 괴멸한 지금, 황야 한복판에 그 신성수

만이 홀로 조용히 서 있는 걸로 아는데….

"부러졌다든지 베여나갔다는 소리야?"

하지만 내 질문에 그녀는 고개를 저었다.

"아뇨. 말 그대로 '사라진' 모양이에요."

사라지다니, 너….

그 신성수는 산까지는 아니더라도 언덕 정도의 크기는 되었다.
밑동의 굵기는 마을 한 구획이 쑥 들어갈 수 있을 정도이다.

그렇게 거대한 것이 사라지다니…?

"저도 이상하다고 생각해서 이것저것 물어보았는데요."

"그랬는데?"

"이야기만 더 복잡해지더군요."

냉정한 어조로 차분하게 말했다.

"이것저것 물으면 물을수록 점점 앞뒤가 맞지 않아서…

다시 한번 물어보니까

사일라그에 마을이 있다는 거예요."

"뭐…?"

그녀가 한 말의 의미가 뭔지 몰라서 입가에 가져갔던 홍차 컵을
도중에 멈추고 나는 무심코 소리를 질렀다.

"마을이 있다니, 무슨 소리야?"

"말 그대로의 의미예요.

사일라그는 붕괴하지 않았고 마을도 멀쩡하며 사람들도 살고
있다고.

다만 신성수만이 깨끗하게 사라진 상태라더군요."

"그랬었나…?"

미간을 좁히고 나는 모호하게 중얼거렸다.

사일라그의 괴멸.

그것은 틀림없는 사실이다.

무엇보다도 내가, 그리고 제르와 실피르가 두 눈으로 똑똑히 그 순간을 목격했으니까.

그 사건이 일어난 때부터 아직 반년도 채 지나지 않았다. 그런 단기간에 마을 하나가 황무지에 완전히 재건될 리 없고 신성수가 없다는 것도 이상하다.

"어디 다른 마을과 착각한 건 아닐까요? 그 사람."

그때까지 침묵을 지키던 아멜리아가 옆에서 끼어들었다.

"저도 사일라그가 원인 모를 붕괴를 일으켰다는 이야기는 들어서 알고 있어요. 마을 한복판에 신성수라는 큰 나무가 있다는 것도.

설마 벌써 부흥했다고는 생각되지 않네요."

원인 모를 붕괴라니….

""아.""

나와 제르는 무심코 얼굴을 마주 보고 동시에 소리를 질렀다.

잘 생각해보니 우리들은 사일라그에서 일어난 사건을 전혀 그녀에게 이야기하지 않았다.

"뭔가요?"

어안이 벙벙한 표정으로 묻는 아멜리아에게 제르는 한 손을 가볍게 들었다.

"아, 아니.

그에 대해선 나중에 이야기하지.

그보다 착각이 아닐까 하는 이야기였는데?"

"저도 당연히 그렇게 생각했어요.

그래서 여행자가 모이는 술집 같은 곳에 가서 이것저것 물어보았는데…

거기서도 묘한 이야기가 나오더군요.

최근 사일라그에 들렀다는 분들은 모두 그분과 같은 이야기를 하셨습니다만,

그 이전에 사일라그에 들르신 분은 이렇게 말씀하시는 거예요.

마을 따윈 없고 큰 나무 한 그루가 황야에 서 있을 뿐이었다고.

다시 말해 어느 시기를 경계로 완전히 말이 엇갈리는 거지요."

으음….

꽤 묘한 이야기이다.

"하지만 착각이 아니라면 대체 어떻게 된 일이지?"

"모르겠어요."

묻는 내게 그녀는 선뜻 고개를 저었다.

"모르겠으니까 이렇게 제 눈으로 확인하러 가는 거예요."

"확인하러 가다니. 방금 내 이야기를 듣고도 사일라그에 갈 생각이야?"

"당연하죠.

가우리 님이 잡혀 있다는 말을 들은 이상, 그냥 물러설 수도 없고요.

―다만."

그녀는 잠시 무언가 생각에 잠긴 듯 말을 끊더니,

"전 리나 씨보다 먼저 가 있도록 하겠어요."

"혼자 가서 어쩌려고?"

"당연하잖아요. 가능하면 저 혼자서 가우리 님을 구해야죠."

""무모해!""

나, 아멜리아, 제르 세 사람의 목소리가 멋지게 일치했다.

"상대는 헬마스터 피브리조라고요! 악의 화신! 파괴의 왕! 살아 있는 모든 자들의 적!

그런 상대에게 혼자서는 무리예요!"

"무리라는 건 저도 잘 알아요."

그러나 아멜리아의 말에 실피르는 침착한 어조로 딱 잘라 말했다.

"하지만 리나 씨가 헬마스터에게 가면 무사하지 못하리라는 건 분명해요. 피브리조가 꾸미고 있는 일은 아마 세계 규모의 계획일 테니까."

말하고 나서 힐끔 의미심장한 시선을 내게 던졌다.

아무래도 그녀 역시 피브리조의 목적이 무엇인지 대강 눈치챈 모양이다.

"그렇다고 가지 마라, 가우리 님을 못 본 척하라고는 말할 수 없어요.

그러니 최선의 방법은 먼저 가서 가우리 님을 구해내는 것뿐이 잖아요?

할 수 있고 없고는 별개의 문제지만요."

"그야 그렇지만…."

"먼저 가는 게 저 한 사람뿐이라 조금 불안한 것은 사실이지만, 리나 씨가 카오스 드래곤(마룡왕) 일파의 잔당에게서 목숨을 위협받고 있는 이상, 그쪽의 경계를 늦출 순 없어요.

그러니 역시 저 혼자 먼저 가는 게 최선이라 생각하는데."

"최선이라면 최선일지 모르겠지만 너무 위험하잖아."

"그렇다면 위험하지 않은 방안이 리나 씨에겐 있나요?"

"우…!"

아픈 곳을 찔리자 나는 말문이 막혔다.

사실 지금 우리들로서도 '가우리가 붙잡혔으니까 일단 사일라 그로 가자'는 것이 속마음. 위험이 어떠니 하는 것은 그 이전의 문제이다.

헬마스터를 해치우진 못해도 어떻게든 허점을 찔러 난관을 극복할 방법을 생각해야 하는 상황인데….

딱 한 가지 매우 단순한, 게다가 완전히 헬마스터의 허를 찌르는 방안이 있긴 하다.

드래곤스 피크를 떠날 때 골든 드래곤의 장르인 미르가지아 씨도 말했다. 어쩌면 지금 나를 여기서 죽여야만 할지도 모른다고.

확실히 내가 무슨 일인가로 어이없이 죽어버린다면 그걸로 헬마스터의 계획은 끝이다.

미르가지아 씨가 그러지 않았던 것은 그 방법이 카오스 드래곤(마룡왕) 가브와, 다시 말해 마족들과 다르지 않은 방법이었기 때문이다.

그래서 결국 나에게 모든 것을 맡긴다는 멋들어진 소리를 하고 드래곤스 피크에 머무르며 방관자가 되기를 선택한 모양인데….

하지만 만약 여기서 내가 죽는다고 해도 가우리가 무사히 돌아온다는 보장은 없고, 피브리조의 입장에서도 '계획은 물 건너갔지만 카오스 드래곤(마룡왕)을 해치웠으니 그런대로 만족한다' 정도일 것이다.

그리고 무엇보다도 나는 아직 죽고 싶지 않다.

그래서 결국 우리들은 이렇다 할 대책도 없이 사일라그로 향하고 있었던 것이다.

물론 실피르가 내놓은 방안은 아무런 대책이 없는 것보다 훨씬 낫긴 하지만 그것은 그녀를 상당히 큰 위험에 빠뜨리는 꼴이 될 것이다.

"위험 면에선 걱정 마시길.

저 역시 죽고 싶진 않으니까요. 상대가 헬마스터라는 사실을 알면서도 무리한 일을 벌일 생각은 없어요.

—그리고 무엇보다도,

전 이런 방법을 취하는 게 어떠냐고 제안하는 게 아니에요. 제가 지금부터 어떻게 움직일지를 말한 것뿐이지요."

"다시 말해 말려도 소용없다는 소리야?"

"그런 셈이에요."

제르의 질문에 실피르는 주저 없이 딱 잘라 말하고 고개를 끄덕였다.

똑똑.

문을 두드리는 소리에 나는 방문을 돌아보았다.

그날 밤.

다들 자신들의 방으로 돌아간 다음의 일이다.

나도 이제 그만 자려고 망토와 숄더 가드를 벗고 있을 때,

노크 소리가 들렸다.

"리나 씨, 아직 안 주무시죠?"

문 바깥에서 들려온 것은 실피르의 목소리.

"응. 아직 안 자는데."

대답한 나는 자물쇠를 풀고 문을 열었다.

그곳에는 그녀가 매우 심각한 표정으로 우뚝 서 있었다.

"하고 싶은 이야기가 있는데 괜찮으시죠?"

"으, 응…. 괜찮긴 한데

무슨 일이야? 이제 와서 새삼스럽게."

그녀는 아무 말 없이 손만 뒤로 돌려 문을 닫고, 방에 있는 싸구

려 의자에 앉았다.

그녀와 마주 보는 형태로 침대에 앉는 나.

"단도직입적으로 묻겠는데요."

내 눈을 똑바로 들여다보면서 실피르는 말했다.

"리나 씨는 가우리 님을 어떻게 생각하나요?"

"뇌가 슬라임으로 되어 있는 검술 바보."

"……."

주저 없이 대답한 나에게 실피르는 어째서인지 잠시 말문을 닫았다.

"그런 거 말고요.

좋아하느냐 싫어하느냐를 묻는 거예요! 전!"

"그야 뭐,

싫어한다면 함께 여행 같은 거 안 하고 때려눕힌 다음, 가진 걸 몽땅 챙겨서 줄행랑을 쳤겠지."

후우….

그녀는 왠지 먼 곳을 바라보며 깊은 한숨을 쉬더니,

"알았어요….

질문을 바꾸겠습니다.

전에도 사일라그에서 세이룬 시티까지 함께 여행을 한 적이 있었지요?

그때에도 가우리 님과 함께 여행을 하는 이유를 물었는데 당신은 빛의 검 때문이라고 대답했어요.

하지만 오늘 이야기를 들은 바로는 빛의 검 역시 마족과 같은 존재, 그것이 헬마스터의 손에 넘어간 이상, 이제 되찾기란 무리겠죠.

만약 헬마스터를 따돌리고 가우리 님을 무사히 구출하게 된다면,

리나 씨는 이제 가우리 님과 함께 여행을 할 이유가 사라지는 셈이에요."

"아…."

그렇구나. 헬마스터니 뭐니 하는 걸로 머리가 복잡해서 거기까지 생각하진 못했지만 분명 그녀의 말대로였다.

한번 빼앗긴 빛의 검이 되돌아오는 일은 없을 테고, 그렇다면 설령 가우리를 구출해낸다고 해도 그 답례로 빛의 검을 강탈, 아니, 양도받는 것은 당연히 무리일 거다.

"그렇구나. 그랬어. 그렇다면 함께 여행을 할 이유가 사라지는 거였어."

중얼거리고 팔짱을 낀 채 생각에 잠긴 나에게 실피르는 무슨 까닭인지 쓴웃음을 보였다.

"혹시 함께 여행을 할 핑곗거리를 찾는 거 아니에요?"

"뭐…?"

"만약 그렇다면 어째서 그런 핑곗거리를 찾는 거죠?"

쓴웃음을 머금고 던지는 그 질문에 나는 할 말을 잃었다.

아니, 그런 걸 물으면 나도 어째서인지….

"알겠어요."

대체 뭘 알았는지 실피르는 역시 쓴웃음을 머금은 채로 의자에서 일어섰다.

"전 내일 아침 일찍 여관을 떠날 거예요.

가우리 님은 어떻게든 제가 구해내겠어요."

…….

"그럼 리나 씨, 쉬세요."

인사말을 남기고 그녀는 방을 나섰다.

그녀가 떠난 뒤….

이유는 모르겠지만 견딜 수 없는 안타까움을 느끼는 나만이 홀로 방에 남겨졌다.

"정말 가버렸네요, 실피르 씨."

온화한 아침 햇살로 가득한 초원을 가로지르며 아멜리아는 작게 중얼거렸다.

다음 날 아침, 우리들이 잠에서 깼을 때엔 이미 실피르가 여관을 떠난 뒤였다.

"무리를 하지 않았으면 좋겠는데요…."

"하지만 본인도 그리 무리를 할 생각은 없다고 했고, 최소한 나 때문에 라샤트의 표적이 될 일은 없을 테니까 그런대로 괜찮지 않겠어?"

"그래도 어제 그 말투로 보건대 그 사람, 가우리 씨를 좋아하는 것 같던데."

느긋한 어조의 내게 아멜리아는 여전히 불안감이 섞인 목소리로 말했다.

"혜에, 어떻게 알았어? 어제 잠깐 이야기한 정도인데."

"그런 건 보통 알 수 있어요.

하지만 그게 사실이라면 아무리 입으론 '무리하지 않겠다'고 해도 실제로 가우리 씨를 눈앞에 두면 자신도 모르게 움직이게 될지도 몰라요."

우…. 어, 어쩌면 그럴지도.

특히 실피르는 한번 마음먹으면 끝장을 보는 성격인 것 같은데 말이지….

하지만 우리들이 서둘러 쫓아간다고 해도 그녀 역시 먼저 사일라그로 가려고 할 테고….

으음… 문제가 꽤 산적해 있네….

그리고 이곳에도 문제가 하나.

우리 세 사람은 거의 동시에 걸음을 멈추었다.

파스스….

초원에 자라난 풀들이 바람에 소리를 냈다.

우리 세 사람 외엔 길을 걷는 사람의 모습은 없었다.

똑바로 뻗은 길의 저 끝에는 그저 푸른 하늘만이 계속 이어져 있을 뿐.

얼마 전까지만 해도 그곳엔 산이 보이고 있었는데 말이다.

대체 어느 틈에 술법에 걸려든 건지.

"라샤트의 결계로군요!"

주위를 경계하며 아멜리아가 말했다.

주위에는 아무도 보이지 않았고 그저 웃자란 풀들이 가득할 뿐
이었다.

그때.

쏴아아아아아!

큰길 오른편에 있는 수풀의 일부가 크게 파도쳤다. 마치 그 안
을 거대한 짐승이 헤집고 있는 것처럼.

풀들의 물결은 불규칙적인 움직임을 보이면서도 확실히 이쪽
을 향해 다가오고 있었다.

"온다!"

제르가디스의 목소리와 동시에 물결이 딱 멎었다.

동시에 뒤쪽에 생긴 살기!

앞의 것은 페인트였나?!

속으로 주문을 외우면서 각기 다른 방향으로 뛰는 세 사람. 거
의 동시에 뒤쪽에서 날아온 섬광이 바람을 불태웠다.

빛이 날아온 쪽을 돌아보니 그곳엔 그저 바람에 물결치는 풀들
이 우거져 있을 뿐. 방금 전까지 있었던 살기도 깨끗하게 사라진
뒤였다.

공간을 이동한 건가?

생각한 순간 다시 살기가 만들어졌다.

우리들의 뒤쪽, 방금 전까지 풀들이 물결치던 방향이었다.

역시 자리에서 물러나면서 위험을 감수하고 그쪽을 돌아보니,

슈욱!

풀을 가르며 한 줄기 빛이 아멜리아를 향해 날아왔다!

"?!"

즉시 몸을 피한 그녀의 머리카락 몇 가닥을 불태우며 빛은 창공으로 사라졌다.

빛이 튀어나온 것은 수풀 속. 확실히 방금 전까지 그곳에는 살기가 있었지만 아무런 모습도 보이지 않았고 지금은 그 살기조차 없었다.

공간을 이동했다면 모습 정도는 보여야 정상인데 무언가가 수풀 속에 숨어 있는 낌새도 없고….

설마 어쩌면…?

나는 주문을 외우기 시작했다.

빛은 연신 이곳저곳에서 풀을 가르고 날아왔다.

아멜리아와 제르는 주문 준비가 다 된 모양이지만 상대의 모습이 보이지 않는 것에 당황해서 도망치기에 급급했다.

그리고, 내 주문이 완성되었다.

"제라스 브리드[獸王牙操彈]!"

손끝에서 뻗어 나온 빛의 띠가 내가 조종하는 대로 공중에서 그 궤도를 바꾸더니

초원의 한구석인 푸른 대지에 박혔다!

구오오오오오!

절규가 머릿속에 직접 울려 퍼졌다.

주위의 경치가 한순간 뒤틀리더니,

그 뒤에는 원래대로의 광경이 주위에 펼쳐졌다.

저 멀리로 산이 보였다.

그렇다. 결계를 깨뜨린 것이다.

"방금 그 결계… 대지 전부. 세계 그 자체가 마족의 몸이었지?! 용장군 라샤트!"

어디선가 보고 있을 적을 향해 나는 소리쳤다.

"그렇다…."

목소리보다 약간 늦게 공간이 흔들리더니 검붉은 갑주를 두른 라샤트가 모습을 드러냈다.

"잘도 간파했군. 확실히 그 결계는 내 몸 그 자체…. 좀 더 궁지에 몰아넣을 수 있을 거라 생각했는데…."

목소리에 힘이 없는 걸 보니 아무래도 방금 일격에 어느 정도 충격을 입은 모양이다.

그나저나 결계라는 형태를 취했다고 해도 방금 전까지 이 녀석의 몸 안에 들어가 있었다고 생각하니 오싹하다….

"뭐, 좋아…. 이렇게 된 바엔 정면으로 싸울 수밖에!"

말하고 스릉 검을 뽑았다.

"라 틸트!"

동시에 아멜리아가 주문을 해방했다!

하지만!

"소용없다!"

일갈과 동시에 치켜 올린 라샤트의 검이 푸른 빛의 기둥을 세로로 동강 냈다!

그러나 그것을 기다리고 있었다는 듯 제르가 주문을 해방했다!

"라 틸트!"

이번에야말로 푸른 빛의 기둥이 제대로 라샤트를 감쌌다!

"구오오오오오!"

라샤트의 비명이 주위에 울려 퍼졌다!

하지만 이 일격만으로 이 녀석을 쓰러뜨리기란 무리일 거다. 아멜리아는 틈을 주지 않고 다시 라 틸트의 주문을 읊기 시작했다.

그러나 그때, 뒤에서 또 하나의 살기가 나타났다.

몰디라그인가?!

하지만 갑자기 나타날 것은 예상하고 있었다. 라샤트에게 쓰기 위해 외우고 있던 주문을 나는 돌아보지도 않고 쏘았다!

"가브 플레어[魔龍烈火包]!"

원래대로라면 겹쳐진 오른손바닥에서 마력의 불꽃 띠가 만들어져서 하얀 마족을 향해 돌진해야 정상이다.

그러나….

술법을 발동시켜야 할 '힘 있는 말'은 허무하게 바람에 흐를 뿐이었다.

말도 안 돼?! 주문이 발동되지 않다니!

주문 영창과 동작, 정신 컨트롤은 완벽했다. 그렇다면 왜…?

내 술법이 헛손질로 끝난 틈에 몰디라그가 아멜리아를 향해 여러 개의 빛의 창을 만들어냈다.

하지만 그녀는 너무나 쉽게 피해냈다.

그런데 방금 내 술법이 발동하지 않은 건?

설마 언젠가 마젠다에게서 술법을 봉인당했을 때처럼 라샤트의 결계 안에서 봉인당한 건가?

의문이 생기면 즉시 실험! 나는 곧바로 드래곤 슬레이브의 주문 영창에 들어갔다.

그 무렵, 그제야 주문을 다 외운 아멜리아가 몰디라그를 향해 라 틸트를 해방했다.

우오오오옹!

하지만 아멜리아의 일격은 라샤트의 외침 한 번으로 너무나 쉽게 깨졌다.

간발의 차이로 제르가디스가 몰디라그를 향해 라 틸트의 주문을 외웠다.

"몇 번을 해봤자 소용없다!"

제르에게 코웃음을 치는 라샤트.

개의치 않고 제르가디스는 주문을 완성했다.

"라 틸트!"

동시에 몰디라그를 지키기 위해 외치는 라샤트.

하지만!

쾅!

푸른 불기둥은 하얀 마족이 아니라 라샤트에게 명중했다!

"크아아아아악!"

경악해서 비명을 지르는 라샤트.

그렇구나. 몰디라그를 노리는 것처럼 해놓고 주의가 쏠린 라샤트를 노린 건가?

하지만 이것도 그리 큰 타격을 주었을 거라고는 생각되지 않는다.

"드래곤 슬레이브!"

틈을 주지 않고 나는 다 외운 술법을 해방했다.

허공에 만들어진 붉은 빛이 라샤트를 향해 집결되었다.

제대로 발동되었군?!

그러나 이 공격을 어느 정도 예상하고 있었는지 라샤트는 들고 있던 마검으로 붉은 빛을 베어냈다.

칫! 실패다!

하지만 이번엔 정상적으로 술법이 발동한 걸로 보아 특별히 마력이 봉인된 것은 아닌 모양이다.

그렇다면 아까는 왜….

…….

혹시?!

그 순간 어떤 상상이 내 뇌리를 스쳤다.

확실히 그렇게 생각해보면 여러 가지 것들의 앞뒤가 맞는다. 예상이 맞았는지 틀렸는지는 일단 실험을 해보면 알 수 있는 일!

계속해서 다시 드래곤 슬레이브를 외우기 시작했다.

"그런 작은 기술은 아무리 쏴봤자 소용없다!"

라샤트가 만들어낸 검풍의 충격파를 나는 가볍게 피하고 다시 라샤트를 향해 드래곤 슬레이브를 쏘았다!

"드래곤 슬레이브!"

동시에.

"라 틸트!"

아멜리아가 이번엔 몰디라그를 향해 술법을 쏘았다!

잘했다! 일부러 술법을 발동시키는 타이밍을 어긋나게 해서 다른 상대를 동시에 공격!

이렇게 하면 라샤트는 몰디라그를 못 본 체하든지, 아니면 자신이 드래곤 슬레이브를 얻어맞는 대신 하얀 마족을 지키든지 양자택일을 해야 한다.

하지만!

"어림없다!"

용장군의 일갈과 동시에 푸른 불기둥과 붉은 빛이 동시에 튕겨 나갔다!

성질도, 목표도 다른 두 가지 기술을 동시에 튕겨내다니!

이 녀석… 정말 엄청난 기술을….

과연 용장군이란 직함은 말뿐만이 아니었다.

실제로 라 틸트를 연달아 얻어맞았으면서도 아직도 태연하게 움직이고 있다.

하지만 이런 건 어때?!

"드래곤 슬레이브!"

나는 끈질기게 라샤트를 향해 술법을 쏘았다. 예상대로 너무나 쉽게 차단되었지만 그럼에도 개의치 않고 계속해서 드래곤 슬레이브를 외웠다.

그동안 당연히 아멜리아와 제르도 주문을 외워서 라샤트와 몰디라그에게 줄기차게 공격을 가했지만 매번 차단당했다.

그런 일이 얼마 동안 계속 반복되었고….

좋아. 슬슬 해볼까?

"드래곤 슬레이브!"

몇 발째의 드래곤 슬레이브를 라샤트가 막은 것을 신호로 나는 어깨를 들썩이며 거친 숨을 내쉬었다.

"큭…! 이제 마력이….."

"왜 그러느냐?! 리나 인버스?!"

고의로 흘린 나의 중얼거림에 라샤트는 조소가 섞인 목소리로 말했다.

"시시한 술법을 연발하다 마력이 다한 거냐?! 어리석군!"

말하면서 크게 검을 치켜들었다.

나를 원호하기 위해 라 틸트를 외우는 아멜리아.

주문이 완성되기 직전.

"아멜리아! 저쪽!"

외치면서 나는 뒤에 있는 하얀 마족을 가리켰다.

그 말을 듣고 그녀는 한순간에 공격 목표를 라샤트에서 몰디라그로 바꾸었다.

내 상상이 맞다면….

"라 틸트!"

순간 푸른 불기둥이 이번엔 제대로 몰디라그의 전신을 휘감았다.

역시!

우오오오오오오오옹….

짐승의 울부짖음과 같은 단말마를 남기고 하얀 마족은 빛 속으로 소멸했다.

"아뿔싸! 몰디라그!"

회한의 비명을 지르는 라샤트.

"칫! 이 빚은 반드시 갚고 말겠다!"

라샤트는 아멜리아를 쏘아보더니 뻔한 대사를 남기고 허공으로 사라졌다.

내가 예상했던 대로였다.

싸움이 끝난 곳에는 의아한 표정으로 서 있는 아멜리아와 제르, 그리고 여유로운 미소를 머금고 있는 내가 남겨졌다.

"어떻게 된 일이지?"

잠시 침묵이 이어진 다음 제르가디스는 내게 의문 섞인 시선을 던졌다.

아멜리아 역시 무언가 묻고 싶은 눈으로 나를 바라보고 있었다.

묻고 싶어지는 기분은 충분히 이해한다.

나도 그렇고 라샤트도 그렇고 이번엔 싸우는 방식이 꽤 엉망이었으니까.

난 후반에 접어들어 오로지 드래곤 슬레이브를 연타했을 뿐이었고, 라샤트는 정작 중요할 때 몰디라그를 엄호하지 않았다.

"쉽게 말해,

라샤트를 해치울 수 있는 방법을 찾은 거야."

나는 두 사람에게 작게 미소 지으며 말했다.

돌을 깔아서 만든 길은 나지막한 언덕 저편으로 똑바로 뻗어 있었다.

오른편으로 작은 숲과 저 멀리 산이 보이는 것 외엔 사방이 온통 보리밭.

이 언덕을 넘으면 다음 마을이 보일 것이다.

오후의 화창한 햇살을 받으며 나는 홀로 쭉 뻗은 길을 걷고 있었다.

그렇다. 혼자서였다.

아멜리아와 제르 두 사람은 실피르의 뒤를 쫓아 한발 앞서 사일라그로 가도록 했다.

이유는 물론 그쪽이 여러모로 편하기 때문.

지난번 습격 이후 벌써 4일이 지났다. 지금 난 아멜리아 일행보다 하루 정도 뒤쳐져 있는 상태이다.

사람의 모습이 보이지 않는 큰길을 걷다가 나는 문득 걸음을 멈추었다.

…이 장소는 전에도 지난 기억이 있다.

그때에는 가우리와 둘이서 사일라그로 가는 도중이었다.

정확히 이 장소에서 적의 습격을 받았는데….

이곳에는 무언가 저주라도 걸려 있는 건가?

"살기가 훤히 드러나고 있어, 용장군 아저씨.

그걸 매복이라고 한 거라면 합격점은 못 주겠는걸?"

나는 허공에 대고 중얼거렸다.

"일행이 보이지 않는군."

목소리는 내 뒤쪽에서 났다.

바람에 망토를 나부끼며 천천히 그쪽을 돌아보자 갑옷 차림에 푸른 대지를 배경으로 우뚝 서 있는 용장군의 모습.

"먼저 사일라그로 보냈어.

두 사람이 함께 있으면 나도 마음대로 싸울 수 없어서 말야."

내 말에 라샤트는 중후한 웃음을 입가에 떠올렸다.

"호오, 다시 말해 죽을 각오가 생겼다는 거냐?"

"반대야. 너 따윈 내가 전력만 쏟으면 나 혼자서도 충분하다는 소리지."

"허풍을 치는군. 하지만 어찌 되었건…."

"그래! 여기서 결판을 내는 거야!"

말하고 나는 뒤쪽으로 도약해서 거리를 벌리고 주문 영창에 들어갔다.

"좋아! 원하는 바다!"

라샤트가 뻗은 왼손에서 만들어진 빛의 구슬 여러 발이 나를 향해 날아왔다.

나는 크게 옆으로 도약했다. 그 직후 라샤트가 쏜 빛의 구슬은 길에 깔려 있는 돌에 명중해서 땅에 여러 개의 구멍을 뚫었다.

좋아! 한 번에 결판을 낸다!

"드래곤 슬레이브!"

"소용없다고 했을 텐데!"

조소 섞인 어조로 외치는 라샤트.

하지만 내가 노린 것은 그가 아니었다.

만들어진 붉은 빛은 그의 발치, 즉 땅에 작렬했다!

콰과과광!

엄청난 폭발에 바람이 떨리고 풀들이 나부꼈다.

물론 이런 걸로 마족인 라샤트에게 대미지를 줄 수는 없지만.

폭음의 여운이 사라지기도 전에 나는 다음 주문을 외우면서 휘날리는 무래 먼지를 가르고 라샤트 쪽으로 달려갔다!

"멍청한 녀석! 방금 걸로 시야를 차단했다고 생각하느냐?!"

외치면서 그는 충격파를 쏘기 위해 검을 크게 들어 올렸다.

내가 공격을 피하는 틈에 태세를 바로잡을 생각이겠지만….

그렇게는 안 되지!

나는 똑바로 라샤트를 향해 더욱 속도를 높이며—그대로 두 눈을 감았다!

"아니?!"

경악의 소리를 지르는 라샤트. 검풍의 충격파가 온다면 그걸로 나는 끝장이다.

—그러나.

부웅!

주저하듯 한순간 뒤늦게 날아온 충격파는 내 오른쪽 귓전을 스치고 지나갔을 뿐이었다.

내 예상 밖의 행동에 조준이 빗나간 것은 아니었다.

맞힐 수 없었던 것이다. 그는.

나는 다시 눈을 떴다.

바로 앞에 경악과 망설임이 뒤섞인 표정을 지은 라샤트의 모습이 있었다.

틈을 주지 않고 나는 술법을 발동시켰다!

"라그나 블레이드!"

촤악!

내가 만들어낸 검은 칼날은 이번에야말로 정확히 라샤트의 가슴을 찔렀다.

"너…! 너 이 녀석…!"

"연기가 너무 형편없었어…."

고통스러운 표정을 짓는 그에게 나는 자신만만한 미소를 머금고 말했다.

"뭐, 제로스나 피브리조와 비교하는 건 좀 불쌍하지만 말야. 용장군 아저씨.

아니, 이젠 바른 직함으로 불러줘야 하나?

넌 지금 헬마스터 피브리조의 부하니까."

"뭐…?!"

그랬다.

이 녀석은 결코 가브의 복수를 위해 움직이고 있는 게 아니었다. 피브리조의 명령을 받고 나를 노리고 있었던 거였다.

부자연스러운 점이 너무나 많았다.

단순히 나를 죽이고 헬마스터의 코를 납작하게 하는 것이 목적이었다면 마을 안에 굳이 결계를 칠 필요도 없었고, 그 결계가 깨졌다고 해서 퇴각할 필요도 없었다.

카오스 드래곤(마룡왕)의 계획이 실패한 지금, 마을째 나를 날려버리고 어딘가로 도망치는 게 거칠긴 하지만 가장 손쉬운 방법이었을 것이다.

그럼에도 라샤트는 언제나 필요 이상으로 내가 궁지에 몰리거나 마력이 궁해지면 이것저것 핑계를 대고 퇴각했다.

지난번엔 내 마력이 떨어진 것을 알자 일부러 몰디라그를 엄호하는 것을 그만두면서까지 퇴각하는 쪽을 선택했다.

게다가 다시 나타나는 것은 반드시 2~3일 이상 지난 후…, 즉 내가 체력과 마력을 모두 회복하고 나서였다.

또한 나를 죽인다고 공언하면서도 정작 싸움이 벌어지면 오히려 아멜리아나 제르 쪽만 노렸다.

나에겐 적당적당한 공격을 할 뿐.

이쯤 되면 삼류 배우라고 아니 할 수가 없다.

그가 이제 헬마스터의 부하가 되었음을 구체적으로 느끼게 된 것은, 지난번 싸움에서 가브 플레어가 발동하지 않았을 때부터였다.

카오스 드래곤(마룡왕) 가브의 힘을 빌린 그 기술이 발동하지 않았다는 것은 바꿔 말하면 가브가 완전히 이 세상에서 사라졌다는 것을 의미했다.

마족이 다른 마족을 따를 때의 기준이 어떠한 것인지는 모르지만, 완전한 마족인 라샤트와 랄타크가 루비 아이를 배신하면서까지 카오스 드래곤(마룡왕) 가브를 따른 것은 아마 창조자에 대한 절대 복종 때문일 것이다.

카오스 드래곤(마룡왕) 자신은 인간의 의지가 섞여 있기 때문에 그 속박에서 벗어날 수 있었던 것이 아니었을지.

만약 그렇다면 카오스 드래곤(마룡왕) 가브가 완전히 사라진 지금 라샤트는 대체 누구를 따라야 하는 것일까?

대답은 간단하다.

이 세계의 모든 마족의 왕.

북의 마왕, 루비 아이 샤브라니구두.

그리고 그 밑에서 어떤 계획을 꾸미고 있는 헬마스터 피브리조.

"아무래도 핵심을 찔린 모양이군."

중얼거리고 나는 어둠의 검을 옆으로 휘둘렀다!

우오오오오오오오오오!

바람을 진동시키며 비명이 울려 퍼졌다.

라샤트의 몸은 무수한 붉은 눈으로 변화해서 푸른 들판에 흩뿌려졌다.

처음엔 카오스 드래곤(마룡왕) 가브의, 그리고 그 뒤에는 헬마스터 피브리조의 수족이 되어 움직였던 용장군 라샤트의 너무나 허망한 최후였다.

헬마스터의 부하로 들어간 이후엔 그는 나를 궁지에 몰아넣을 수는 있어도 죽일 수는 없었다.

그렇게 생각했기에 아멜리아와 제르 두 사람을 먼저 보내고 나 혼자 이 녀석과 맞선 것이다.

그냥 라그나 블레이드만 썼다면 너무나 쉽게 피했을 것이다.

하지만 처음에 날린 드래곤 슬레이브로 라샤트와의 간격을 좁히고 주문 영창음을 못 듣게 했다.

그리고 라샤트 앞에서 눈을 감아 보여서 그의 마음속에 당혹감이 생겨나게 했다.

그는 위협의 의미로 충격파를 일부러 빗나가게 쏘았지만….

나는 상대의 허점을 놓치지 않고 그대로 돌진해서 라그나 블레이드의 일격을 가했다.

　어쨌거나 이걸로 헬마스터의 목적은 확실해졌다.

　피브리조가 라샤트를 내게 보낸 이유를 생각하면 그 목적을 쉽게 알 수 있다.

　그는 나를 궁지에 몰아넣으려고 했던 것이다.

　그러나 그러기엔 라샤트의 연기력이 형편없었다.

　하지만.

　나는 다시 시선을 쭉 뻗은 큰길 저편으로 돌렸다.

　그 머나먼 저편에는 사령도시라는 별칭을 가지고 있는 사일라그 시티가 있었다.

　그리고 그곳에서 기다리는 것은….

　헬마스터 피브리조.

3. 지난날의 환상 속에 살고 있는 사일라그

"흐… 음…?"

내가 무심코 멈춰 서서 주위를 둘러보고 중얼거린 것은 숲에 발을 들여놓은 지 얼마 되지 않았을 때였다.

차갑게 식은 공기와 주위에 가득한 풀 냄새.

벌레 소리 하나, 새소리 하나 들리지 않았고, 그저 나뭇잎이 부스럭대는 소리만이 귀에 들어왔다.

분명 그것들은 내가 전에 이곳을 방문했을 때와 다르지 않긴 했다.

—사일라그 시티 옆에 펼쳐진 독기의 숲.

그 옛날 빛의 검에 의해 쓰러진 마수 자나파의 피가 이곳에 고여서 독기로 가득한 이 숲을 만들어냈다고 일컬어진다.

하지만….

소리와 정경은 전혀 변함없는 그대로인데 독기만이 이 숲에서 깨끗하게 사라진 상태였다.

전에 왔을 때에는 온 숲에 살짝 뿌려놓은 듯한 독기가 돌고 있었는데….

헬마스터와 무언가 관계가 있는 걸까? 하지만 그렇다면 오히려 독기가 진해져야 정상일 것 같은데.

그런데 오히려 깨끗하게 사라졌으니….

하지만 어찌 됐든 이런 곳에서 그런 생각을 해봐도 소용없는 일. 아마 이런 것도 사일라그에 가면 분명해질 것이다.

나는 다시 홀로 발걸음을 옮기기 시작했다.

라샤트를 쓰러뜨린 이후로 내 여정을 가로막는 것은 사라졌다.

어쩌면 아멜리아와 제르를 따라잡을 수 있지 않을까 해서 발걸음을 빨리해보기도 했지만 두 사람은 어지간히 서둘러 갔는지 결국 따라잡지 못했다.

도중에 들른 마을에서 소문을 들으니 두 사람은 아무래도 나보다 이틀 정도 앞선 모양이다.

그리고 그 밖에도 소문으로 알게 된 사실이 있다.

다시 말해, 사일라그에 역시 마을이 생겼다는 것.

오늘 아침까지 머물렀던 마을 사람의 이야기에 따르면 어느 날 그야말로 갑자기 마을이 부활했다고 한다.

게다가 마을에 살고 있는 사람들은 괴멸 이전과 완전히 같은 모습이었다.

대체 뭐가 어떻게 된 거냐고 물어도 돌아오는 대답은 '그건 말할 수 없다'로 일관했다고 한다.

헬미스디는 사일라그에 내체 무슨 싯을 한 것일까?

문제는 말 그대로 산적해 있었다.

게다가 문제의 대부분은 생각한다고 해서 어떻게 될 만한 성질의 것이 아니었다.

그 점을 잘 알면서도 이것저것 생각하며 걸음을 옮기고 있자니 문득 시야가 확 트였다.

숲을 빠져나온 것이다.

그리고 눈앞에 펼쳐져 있는 것은… 사일라그 시티의 거리 풍경이었다.

마을이 붕괴하기 전에는 언덕처럼 거대한 신성수를 중심으로 마을이 펼쳐져 있었지만, 지금은 마을만 그대로일 뿐, 한복판에 있던 신성수의 모습만이 뻥 뚫린 것처럼 사라진 뒤였다.

멀리서 보기에도 마을 이곳저곳에서 사람들이 움직이고 있는 것이 보였다.

아무래도 이야기는 사실이었던 모양이다.

―물론 모두가 예전대로일 리가 없다.

마을 사람들만 해도 정상적인 인간은 아닐 것이다. 피브리조가 만들어낸 환상이든지, 최악의 경우엔 모두 마족일 가능성조차 있었다.

아니, 그 정도 숫자의 마족이 있다면 나를 이용해서 시시한 책략 같은 걸 쓰느니 정면으로 세계를 공격하는 편이 빠르려나?

여하튼 분명히 말할 수 있는 건 마을 부활에 헬마스터가 관여한 이상, 사일라그 주민 모두가 우리들의 적이 될 수 있다는 것.

솔직히 말해 돌아가고 싶은 마음이 굴뚝같았지만 여기까지 온 이상, 발길을 돌릴 수도 없었다.

무엇보다도 저곳에는 동료들이 있다.

"어쨌거나 가볼 수밖에 없겠지."

중얼거리고 나서 나는 사일라그의 거리를 향해 걸음을 옮기기 시작했다.

마을은 매우 평온했다.

길을 가는 사람들. 거리에 옹기종기 늘어선 민가와 상점.

떠들썩함과 활기가 주위의 공기를 가득 채웠고 마을 한구석에서는 어린아이들이 뛰어다녔다.

그 어디에서도 이상한 모습은 발견되지 않았다.

그러나 그래서 더욱 이루 형언할 수 없을 만큼 으스스했다.

개인적인 예상으론 마을에 들어선 순간, 헬마스터가 보낸 누군가가 와서 '잘 왔다, 리나 인버스. 기다리고 있었다' 이런 전개가 될 줄 알았는데….

여하튼 일단 다른 일행들을 찾는 게 우선.

가장 빠른 방법은 주위에 있는 사람들에게 물어보는 것이다.

하지만 아무에게나 말을 걸어도 정말 괜찮을까?

조금, 아니, 꽤 불안했지만 그렇다고 이렇게 넓은 마을 안을 구석구석 돌아다닐 수도 없는 일.

에잇! 이렇게 된 바엔 뭐든 하고 만다!

거의 될 대로 되라는 심정으로 나는 가까운 곳에 있는 노점으로 향했다.

주스를 사고 가게 아줌마에게 돈을 낸 다음, 나는 제르가디스의 모습을 보지 않았느냐고 물어보았다.

아멜리아와 실피르는 둘째치고 그의 모습은 아무튼 눈에 잘 띈다. 얼굴을 가리고 온통 새하얀 옷차림을 한 사람이 오지 않았느냐고 물으면 대답은 금방 돌아올 것이다.

"온통 새하얀 옷차림을 한 사람… 이라….""

어디를 뜯어보아도 평범한 아줌마로밖에 보이지 않는 그녀는 잠시 생각하더니 고개를 작게 저었다.

"기억이 안 나네요. 최근 얼마 동안 쭉 이곳에서 장사를 하고 있긴 하지만….""

"여자도 함께 있었을 거예요. 제 또래에 검은 머리의….""

주스를 마시면서 묻는 내게, 역시 얼마 동안 생각하더니,

"역시 기억이 안 나요. 미안하지만 여관 같은 곳에 물어보는 게 낫지 않을까요?"

"그렇군요. 그러죠. 고마워요, 아줌마."

나는 주스를 다 마시고 다시 거리로 나섰다.

음… 예상외로 평범한 반응.

물론 예상대로 온 마을 사람들이 헬마스터의 부하로 바뀌어 있는 것도 싫지만….

하지만 그렇다면 구석구석 여기저기를 돌아다닐 수밖에 없다는 소리인데….

꽤 성가시게 되었네.

그렇게 생각하며 정처 없이 얼마 동안 길을 걷고 있을 때.

"리나 씨!"

주위의 소음을 뚫고 목소리가 들리기에 돌아보니 길 반대편에 서 있는 낯익은 사람 그림자가 하나.

흰색을 기조로 한 신관복에 긴 머리카락이 선명하게 눈에 들어왔다.

"실피르?!"

나는 인파를 헤치고 그녀 쪽으로 향했다.

"무사하셨군요. 그렇다면 당신을 노리던 카오스 드래곤(마룡왕) 일파의 잔당은….."

"이미 해치웠어. 그보다.

아멜리아와 제르가디스 못 봤어? 아마 2~3일 전에 이곳에 도착했을 텐데."

"그거 말인데요….."

그녀는 조금 말하기 껄끄럽다는 듯 중얼거렸다.

"설마, 무슨 일이 있었던 건…?"

"실은, 어제부터 두 사람 모두 모습이 보이지 않아요."

"모습이 안 보여?!"

"예. 일단 걸으면서 이야기하죠."

실피르는 거리를 똑바로 걸으면서 이야기를 시작했다.

"제가 이곳에 도착한 것은 닷새 전쯤이었어요.

아무것도 변하지 않았더군요.

이 마을이 황야가 되기 전과.

그래서 저도 모르게… 이끌리듯…

신전에 갔는데… 그곳에서….”

말하는 그녀의 목소리가 희미하게 떨리고 있었다.

“그곳에서…

마중을 나와주셨어요.

그날 돌아가신 줄 알았던 아버지가 여느 때처럼 자상한 미소를 띠고 ‘어서 와라, 실피르’라면서.”

“실피르….”

나보다 몇 발짝 앞을 걷는 그녀의 어깨는 미미하게 떨리고 있었다.

“치사해요, 이런 건….

다들 실은 살아 있지 않다는 것을 알면서도…

문득 마을이 괴멸했다는 사실 쪽이 악몽이 아니었을까 하는 생각이….”

후유….

그녀는 그 뒤 얼마 동안 침묵하고는 작은 한숨을 내쉬더니 또렷한 어조로 말했다.

“죄송해요.

이야기를 되돌리죠.

어느 정도 그 환상인지 뭔지에 현혹당한 것은 사실이지만 마을을 대충 조사해보았어요.

그중에서 가장 수상한 장소가… 이곳이에요."

그녀는 우뚝 걸음을 멈추었다.

우리 두 사람은 어느새 거리를 벗어나 거의 마을 중심부까지 와 있었다.

하지만 과거엔 신성수가 자리 잡고 있던 이 땅에는 지금….

"이거구나…."

눈앞에 우뚝 솟은 거대한 건물에 시선을 보내고 나는 작게 중얼 거렸다.

거대하다고 말은 했지만 높이를 말하는 것은 아니었다. 아마 1층 건물인지 높이는 그 정도밖에 되지 않았다.

문제는 그 넓이였다.

회색 돌 같은 것으로 만들어진, 어딘지 신전을 연상시키는 그 건물은 말 그대로 신성수가 사라진 자리를 메우려는 듯 거의 마을 한 구획 정도의 넓이로 지어져 있었다.

"이런 것이 갑자기 생겼다는 소문을 근처 마을에서 듣긴 했지 만…."

전체적으로 깨끗한 원형으로 보였다. 하지만 이 건물의 가장 큰 특징은 창과 문, 다시 말해 출입구가 일절 없다는 것.

"아무리 생각해도 이곳이 가장 수상하다는 것은 명백해요. 헬 마스터가 숨어 있는 곳도, 그리고 가우리 님이 붙잡혀 있는 곳도 아마 이 안이겠죠.

하지만 보시는 것처럼 이 건물에는 창도, 문도 없어서 안으로 들어갈 수가 없어요.

레비테이션으로 위에서도 살펴봤습니다만 결과는 같았습니다.

아버지와 마을 사람들에게 물어보았지만 '대답할 수 없다. 그것이 무엇인지 대략 상상이 되는 사람에겐 설명할 필요가 없고, 반대로 그것이 무엇인지 전혀 알지 못하는 사람에겐 설명해봤자 소용없는 일'이라고 하더군요."

"그렇구나. 그렇다면 어떻게 생각해도 헬마스터와 관계가 있다는 말이네."

"예.

그러고 있을 때, 이틀 전쯤 아멜리아 씨와 제르가디스 씨가 이 마을에 찾아왔습니다.

하루 종일 이 건물을 조사하고 제가 있는 신전에서 하룻밤 묵었는데,

어제 아침나절에 역시 좀 더 이곳을 조사해본다면서 나간 이후로, 아직까지 신전에 돌아오지 않았어요."

"이곳을 조사했다고?"

나는 말하고 나서 다시 세심하게 눈앞의 건물을 살펴보았다.

"그렇다면 혹시 아멜리아 일행은 이곳으로 들어가는 입구를 발견해서 안으로 들어갔을지도 모르겠네."

"비밀 문으로 말인가요?"

실피르가 중얼거렸다.

조각이나 무언가로 위장해서 비밀 문을 만드는 것은 분명 드문

일이 아니긴 하다.

아멜리아 일행이 그러한 입구를 우연히 발견했을 가능성도 충분히 생각할 수 있었다.

"하지만 그렇다면 일단 돌아와서 저에게 그 사실을 밝히고 가는 게 좋았을 것 같은데…."

"훗, 생각이 짧네, 실피르.

네가 가우리를 어떻게 생각하고 있는지 아멜리아는 단번에 눈치챘어.

그러니 너에게 문을 발견했다고 말하면, 안 된다고 말해도 따라올 테고, 만약 이 안에서 가우리를 발견하면 네가 어떻게 나올지 알 수 없지.

그래서 일부러 너에게 말하지 않고 둘이서만 안으로 들어갔을 가능성도 있지 않을까?

실제로 아멜리아도 그렇게 되지 않을까 걱정했던 모양이고."

"우…."

아픈 곳을 찔렸는지 말문이 막히는 실피르.

"뭐, 어찌 됐든 입구를 발견하는 게 우선이야."

라고 말하면서 나는 건물에 다가가 벽과 조각 등을 조사하기 시작했다.

재질은 모두 돌 같은 것이었다. 질감은 틀림없는 돌이었는데, 그럼 무슨 돌이냐고 묻는다면 그에 대해선 대답할 수가 없다. 지금까지 전혀 본 적이 없는 종류였기 때문이다.

벽면에는 이음새 따위 하나도 보이지 않았고 군데군데 조각이 된 기둥이 서 있을 뿐이었다.

모든 기둥을 조사해본 것은 아니지만 기둥 쪽에도 무언가 장치가 되어 있는 낌새는 보이지 않았다.

하지만 꽤 불가사의한 이야기이다.

헬마스터가 이곳에서 나를 기다리고 있다면 내가 찾아온 순간 입구를 열고 맞이하는 게 마땅할 것 같은데.

물론 그렇게 해주길 바라는 건 아니지만….

그럼에도 문도 창도 없는 이 건물은 그저 아무 말 없이 우뚝 서 있을 뿐.

문이 없으면 만들면 된다는 설도 있긴 하지만….

시험 삼아 나는 주문을 외우기 시작했다.

제로스에게서 구입한 탤리스먼의 힘을 빌려 공격력을 강화한 다음 외쳤다.

"담 브라스!"

표적을 가루로 만드는 술법이다. 그냥 외워도 충분한 위력을 가지고 있는데 탤리스먼으로 증폭시켰으니 돌로 된 벽은 물론이고 한 아름은 되는 바위라도 가볍게 부술 것이다.

그러나.

파직!

내가 쏜 담 브라스는 벽 표면에서 어이없이 산산이 깨져 흩어져 버렸다.

벽에는 흠집 하나 나지 않았다.

전에 라샤트가 루알드 시티에서 펼친 결계 안과 마찬가지로.

그렇다는 건 이 건물에도 비슷한 처리가 되어 있다는 말.

좋아! 그렇다면!

나는 증폭의 주문을 외우고, 이번엔 라그나 블레이드의 주문 영창에 들어갔다.

라샤트의 결계도 어둠의 칼날로 벨 수 있었다. 그렇다면 이번에도 가능할지 모른다.

그러나.

내가 라그나 블레이드의 주문 영창에 착수함과 거의 동시에.

덜컹….

무겁고 무딘 소리를 내며 눈앞의 벽 일부가 건물 안으로 빨려 들어갔다.

아항, 헬마스터 녀석. 라그나 블레이드로 베일 것을 두려워해서 황급히 문을 만든 게로군.

그렇다면 나도 괜히 마력을 허비할 필요는 없다. 나는 주문을 중단하고 뻥 뚫린 문 앞에 섰다.

밖에서 봐서는 내부 상황을 전혀 알 수 없었다. 열린 문 안쪽에는 마치 검은 장막이라도 드리운 듯 짙은 어둠이 깔려 있을 뿐이었다.

갑작스러운 문의 출현에 놀란 표정을 보이는 실피르에겐 개의치 않고 나는 문 안쪽으로 걸음을 옮겼다.

어둠의 경계를 통과한 그 순간.

시야가 넓어졌다.

"얼레…?"

멍하니 중얼거리고 멈춰 선 내 눈앞에는, 사일라그의 거리 풍경과 역시 멍하니 서 있는 실피르의 모습.

"어…?"

황급히 뒤를 돌아보니 그곳에는 벽이 뻥 뚫린 구멍과 그 안에 엉겨 있는 어둠이 있었다.

"저기… 방금 그건…?"

의문을 던지는 실피르에게 대답할 길이 없었다.

분명 난 방금 문을 통과해서….

그리고 밖으로 나왔다.

"자, 잠깐만 기다려봐."

시험 삼아 나는 다시 한번 그녀에게 등을 돌리고 문 안의 어둠을 통과해서….

다시 밖으로, 그녀의 눈앞에 도달했다.

"뭐하시는 건가요?"

"으음…."

나는 머리를 긁적이고,

"아무래도 헬마스터 녀석, 나를 이 안에 들여보내고 싶지 않은 모양이야….

방금 그건 내가 안에서 발걸음을 돌린 게 아니었어.

아마 공간이 이상하게 뒤틀려 있는 것 같아."

"공간이 뒤틀려 있다뇨. 가능한가요? 그런 일이."

"어느 정도 이상의 마족이라면 비교적 손쉬운 기술일 거야."

나는 말했다.

실제로 나는 세이룬 시티에서 어떤 마족의 힘에 의해 뒤틀린 무한 공간에 갇힌 적이 있었다.

그때에는 비교적 쉽게 탈출할 수 있었지만.

하지만 안에서 밖으로 나가는 것과 밖에서 안으로 들어가는 것은 조금 다르다. 이번엔 그때와 같은 방법을 쓸 수 없다.

"그렇다면 문제는 왜 헬마스터가 나를 이곳으로 들여보내려 하지 않느냐인데."

"혹시 이 안에 있는 게 헬마스터가 아닌 게 아닐까요?"

다시 복잡한 가설을 꺼내는 실피르.

"그건 아닐 거라 생각해.

헬마스터 피브리조는 분명히 말했어. 사일라그에서 기다리겠다고.

다른 상대를 이곳에 배치한다고 해서 어떻게 되는 것도 아니고 말야."

"그건… 그렇겠네요."

실피르는 조용한 어조로 중얼거렸다.

"헬마스터 피브리조의 목적은 가우리 님을 인질로 잡고 당신에게 그 기술을 쓰게 한 다음, 폭주시켜 어둠이 세계를 삼키도록 하는 거니까요."

"아마 그렇겠지."

그녀의 말에 나는 고개를 끄덕였다.

그렇다.

모든 대답은 그것으로 귀결되었다.

―기가 슬레이브―

일찍이 내가 이 술법을 응용해서 일곱 개로 나뉜 루비 아이 샤브라니구두 중 하나를 멸했을 때,

카타트 산맥에 봉인되었다고 일컬어지는 또 하나의 샤브라니구두, 북의 마왕이라 불리는 그것이 알게 된 건 아닐까?

로드 오브 나이트메어(금색의 마왕)의 힘을 빌린 술법을 구사하는 자, 다시 말해 나의 존재를.

전설에 따르면 루비 아이 샤브라니구두는 적룡신 쉬피드와 싸우다가 몸이 일곱 개로 분리되어 봉인되었다고 한다.

그렇다면 원래는 하나의 존재였던 그들 사이에 기억과 의식의 동조가 있다 해도 이상하지 않다.

그리고 북의 마왕 일파는 떠올렸을 것이다.

내 기가 슬레이브를 폭주시켜 이 세계를 무로 되돌리는 계획을.

하지만 문제는 여럿 있었다.

하나는 카오스 드래곤(마룡왕)의 배반.

그리고 또 하나는 내가 로드 오브 나이트메어에 대한 정확한 지식을 가지고 있지 않다는 것.

전에 어떤 상대가 주문을 잘못 외워서 당근 같은 플레어 애로를 만들어내는 것을 보고 황당했던 적이 있었다.

내가 전에 쓴 기가 슬레이브는 완전한 것과 비교하면 아무래도 그 당근 플레어 애로 정도의 것인 듯하다.

그래서 계획의 총지휘를 맡은 헬마스터는 나를 마룡왕에 대한 미끼로 쓰면서 제로스를 시켜 클리어 바이블이 있는 곳으로 인도했던 것이다.

마족에게 놀아날 수밖에 없었던 내가 그에 대한 대항책으로 로드 오브 나이트메어에 관한 지식을 얻을 것을 예측하고.

그리고 가우리를 납치해서 나를 이 마을로 불렀다.

라샤트를 여전히 적인 것처럼 꾸며 나에게 보낸 것은 혹시 궁지에 몰린 내가 기가 슬레이브 완전판을 쓰다가 컨트롤에 실수할 것을 기대했던 것이리라.

하지만 결국 나는 라샤트가 이미 헬마스터의 부하로 전락했다는 사실을 간파하고 그를 쓰러뜨렸다.

헬마스터의 부하 중에 나를 죽일 수 있는 자가 없다는 것을 내가 알고 있는 이상, 피브리조가 취할 수 있는 수단은 오직 하나.

가우리를 인질로 잡고 나에게 다음과 같이 명령하는 것뿐이다.

—그 주문을 써라. 거절하면 이 녀석을 죽이겠다.

하지만 그렇다면 왜 지금 내 침입을 막는 것일까?

대체 뭘 꾸미고 있는 거지?

라샤트가 쓰러진 지금 이제 와서 새로운 자객, 아니, 자객인 척하는 자를 보낼 걸로는 생각되지 않는데….

"여하튼 아무래도 오늘은 얌전히 물러나야 할 것 같아.

아무리 벽에 구멍을 뚫어도 안으로 들여보내주지 않으면 소용이 없으니…."

"그렇군요….

그럼 신전으로 가실래요?"

실피르의 권유에 나는 한순간 망설였지만 어차피 이 마을에선 어디에 묵든 결국 헬마스터의 손바닥 위였다.

"그럼 부탁할게."

고개를 끄덕이는 내 뒤에서 미미하게 육중한 소리가 들려왔다.

돌아보니 더 이상 그곳에 입구는 없었고 그저 연회색 돌 벽이 이어져 있을 뿐이었다.

"실피르의 친구시군요. 잘 오셨습니다."

사일라그 시티 구석에 있는 적룡신을 기리는 신전.

점심 식탁에서 이 신전의 신관장, 다시 말해 실피르의 아버지 모습을 한 무언가가 웃는 얼굴로 내게 말을 걸어왔다.

실피르가 마을 괴멸을 단순한 악몽으로 치부하고 싶어하는 심정이 이해가 갔다.

나이는 대략 마흔 살 남짓일까? 검은 콧수염을 기른 온화해 보이는 사람(?)이었다.

어디를 뜯어보든 평범한 사람이었다.

물론 그것은 그에 한정된 이야기만은 아니었다. 신전에 있는 다른 신관들과 무녀들, 나아가서는 신전에 모셔져 있는 적룡신의 동상까지, 어디에서도 이상한 점은 발견되지 않았다.

하지만 그래도 역시 그들은 본래 이곳에 존재할 리 없는 존재들이다.

나로서는 어떻게 대응해야 할지 솔직히 망설여졌지만 일단 평범하게 대하기로 했다.

내가 여기서 경계를 하고 적의를 드러낸다고 해서 그들의 태도가 바뀐다든지 무언가 다른 정보를 얻을 수 있을 거라고는 생각되지 않았다.

그렇다면 괜히 화를 내거나 경계를 해봤자 나만 피곤해질 뿐이다. 그리고 그들이 하나에서 열까지 모두 알고 있을 거라고 단정할 수도 없다.

그렇다면 일단 그들이 어디까지 알고 있는지 탐색해볼 필요가 있었다.

일상적인 대화를 계속 이어가는 신관장에게 적당히 맞장구를 치다가 나는 기회를 봐서 물어보았다.

"그런데 신관장님,

마을 한복판에 있는 그 건물은 대체 뭐지요?"

그렇게 묻는 나에게 무언의 비난이 섞인 시선을 보내는 실피르.

뭐, 그 심정이 이해가 안 되는 바는 아니다.

아무튼 나는 그것이 헬마스터의 거점이라는 것을 예상하고 있으면서도 새삼스럽게 신관장에게 물었던 것이다.

나로선 여러 가지 반응을 떠보고 싶을 뿐이었지만, 신관장 쪽의 입장에서 보면 심술궂은 질문이나 마찬가지일 것이다.

실피르로서는 자기 아버지와 꼭 빼닮은 존재에게 그런 심술궂은 질문을 하는 것이 마음에 들지 않는 게 당연하다. 하지만 자기 아버지가 예전에 죽었다는 사실을 아는 이상, 나를 대놓고 비난할 수도 없는 게 현실이라고나 할까?

아니나 다를까, 그는 내 질문에 난처하다는 표정을 지었다.

"그건, 유감스럽게도 대답할 수 없습니다."

"어째서 대답할 수 없죠?"

훈제 연어 아스파라거스 말이를 하나 집어먹으면서 나는 태연하게 물었다.

"그건… 대답할 수 있게 만들어져 있지 않기 때문입니다."

신관장의 대답에 나와 실피르의 포크를 든 손이 멈추었다.

"대답할 수 있게… 만들어져 있지 않다고요?!"

"그렇습니다….

가령 인간은 마법의 도움 없이 물속에서 숨을 쉴 수 있도록 만들어져 있지 않습니다. 마찬가지로 저희들도 그 질문에 대답할 수 있도록 만들어져 있지 않습니다.

한심한 일이라는 건 저희들도 잘 알고 있습니다만…."

뒷부분은 반쯤 중얼거리듯 말하고 그는 자조하는 듯한 미소를 지었다.

이 사람은….

그 순간 나는 깨달았다.

그는 틀림없이 인간으로서의, 사일라그 신관장으로서의 자아를 가지고 있다는 것을.

그리고 또한 동시에 그는 자신이 헬마스터에 의해 만들어진 일시적인 존재에 불과함을 자각하고 있다는 것을.

하지만 그들의 행동까지도 헬마스터가 통제하고 있다면, 여기서 신관장에게 이것저것 물어본다고 해봤자 입수할 수 있는 정보는 뻔하다.

아니, 오히려 물어보았자 신관장의 마음만 괴롭게 할 뿐, 나는 피브리조에게 유리한 정보만을 듣게 될 것이다.

후우….

나는 크게 한숨을 쉬고 그 뒤엔 그저 묵묵히 나이프와 포크만 움직일 뿐이었다.

"그래서, 어떡하실 생각인가요?"

의자에 몸을 파묻은 채 지친 시선을 내게 보내며 실피르는 그렇게 물었다.

그날 오후.

실피르의 방에 묵게 된 내가 짐을 방에 풀어놓고 멍하니 밖을 바라보고 있을 때의 일이었다.

열려 있는 창에선 선선한 바람을 타고 마을의 희미한 소음이 방

안으로 흘러들어왔다.

"어떡하다니?"

문 앞에 우뚝 서 있던 실피르는, 돌아보고 묻는 내게서 무슨 까닭인지 시선을 돌렸다.

"전 가우리 님을 구한다고 말만 해놓고 여태껏 이곳에 안주하고 있었어요.

당신이 이곳에 오기 전에 가우리 님을 구해내지 못한 이상, 헬마스터는 가우리 님을 인질로 삼아 금지된 주문을 쓰라고 당신에게 강요할 게 뻔해요.

그렇게 되면 리나 씨는 그 주문을 외울 건가요?"

……

나는 잠시 침묵한 후 조용히 고개를 저었다.

"모르겠어….

만약 내가 로드 오브 나이트메어의 정체를 알기 전에 같은 질문을 받았다면 아마 이렇게 대답했겠지.

술법을 폭주시키지 않으면 된다고.

하지만 지금은 그 술법의 완전판을 제어할 자신이 없어. 솔직히 말해."

"그럼…."

그러나 무언가를 호소하는 듯한 시선을 던지는 실피르에게 나는 다시 고개를 저었다.

"하지만

분명히 말할 수 있는 건, 가우리를 못 본 체할 수 없다는 거야."

"그렇겠지요…."

중얼거리고 실피르는 침묵했다.

잠시 동안 바람과 아득한 소음만이 방 안을 가득 채웠다.

"가보자."

그 침묵을 깨뜨리고 그렇게 말한 건 나였다.

"가다뇨…?"

"그 건물이 있는 곳으로 말야.

다시 한번 이것저것 조사해보자.

안으로 들어갈 수 있을 거라곤 생각지 않지만, 방 안에 눌러앉아 쓸데없이 이것저것 생각하는 것보단 나을 거야."

"그건… 그렇군요."

중얼거리고 실피르는 희미한 미소를 지었다.

"알겠어요. 저도 함께 가죠."

"좋아. 그럼 당장 출발하자."

말하고 나는 망토를 펄럭 뒤로 젖혔다.

"무슨 속셈일까? 이건…."

사일라그 시티의 중심에 위치한 건물 앞에 멈춰 서서 나는 반쯤 멍한 어조로 중얼거렸다.

"문이… 열려 있네요."

마찬가지로 멍하니 서서 중얼거리는 실피르.

그랬다.

나와 실피르 두 사람이 다시 그 건물 앞으로 왔을 때.

그곳에서는 문이 휑하니 입을 벌리고 있었다.

마치 우리들을 기다리고 있었던 것처럼.

하지만 오전에는 공간까지 왜곡시켜서 우리들을 거부한 주제에, 오후가 지나서 와보니 문을 열고 맞이하다니….

설마 시간제 입장 제한이 있는 건 아닐 테고….

"어째서 아까는 못 들어가게 했을까요?"

"글쎄…, 환영식이라도 준비하고 있었던 거 아닐까?"

실피르의 질문에 거의 될 대로 되라는 식으로 말하는 나.

"여하튼 분명히 말할 수 있는 건. 문이 열려 있다는 건 준비가 다 되었으니 들어오라는 신호라는 거야."

"그렇군요…."

말하고 나서 그녀는 작게 침을 꿀꺽 삼켰다.

"알았어요.

그럼 저도 함께 가죠."

아, 역시 그렇게 나오는군….

"말려도 따라올 생각이지?"

"예."

쓴웃음을 머금고 묻는 내게 그녀는 역시 쓴웃음으로 대답했다.

―좋아! 원하는 대로 가주겠어! 헬마스터 피브리조!

나는 숨을 들이쉬고 문을 통해 안쪽으로 한 발짝 들어섰다.

이번엔 아까처럼 밖으로 나가지 않고 정상적으로 건물 안으로 들어갈 수 있었다.

반발짝 떨어져서 실피르가 그 뒤를 따라왔다.

들어간 곳은 특별히 다를 것 없는 평범한 통로였다.

건물 밖과 마찬가지로 연회색 벽이 완만한 포물선을 그리며 좌우로 뻗어 있었다.

아항….

나는 주저 없이 오른쪽을 향해 걸음을 옮겼다.

"알고 계신가요?! 이 길이 올바른 길인지."

"몰라."

황급히 따라오는 실피르에게 나는 딱 잘라 말했다.

"하지만 아마 어느 쪽으로 가든 도착하는 곳은 같을 거야.

길을 좌우로 나눈 건 아마 우리들을 떼어놓을 속셈이거나 혹은 '이 길이 맞을까' 하는 불안감을 주기 위해서겠지.

분명히 그럴 거야.

그러니까 망설일 것 없이 불안해하지 말고 마음먹은 대로 가면 되는 거야.

헬마스터가 나를 자기가 있는 곳까지 부르고 싶어하는 건 틀림없는 사실이니까 내가 그곳으로 가지 못하는 일만은 절대로 없어."

"그렇군요…."

다소 불안한 표정으로 고개를 끄덕이는 그녀.

두 사람은 어두운 통로를 묵묵히 걸었다.

안쪽으로 나아가면서 점점 어두워질 거라 생각했는데 주위에 램프나 마법의 조명 등이 전혀 없음에도 통로는 항상 일정한 밝기를 유지했다.

물론 반짝이끼 종류가 벽에 붙어 있는 낌새도 없었다.

뭐랄까, 빛과 어둠이 적절하게 섞여 주위에 흩어져 있는 듯한 그런 어둠이었다.

얼마 동안 그렇게 걷다보니 이윽고 통로의 왼편, 즉 건물 안쪽에 있는 문이 눈에 들어왔다.

아무런 장식도 없는 평범한 문이었다.

재질은 아마도 주위에 있는 벽과 같은 것.

특징이고 뭐고 없는 평범한 손잡이가 달려 있었다.

"들어오라는 말이겠지? 이건…."

말하면서 내가 쳐다보자 실피르는 작게 고개를 끄덕였다.

나는 손잡이를 잡고 천천히 돌렸다.

문은 소리도 없이 열렸다.

묘한 방이었다.

쓸데없이 넓기만 한 둥근 방의 중심에 둥근 크리스틸 기둥이 있었다.

기둥이라기보단 오히려 덩어리라고 말하는 편이 느낌상으로는 가까울지 모르겠다.

천장과 바닥을 관통한 그 기둥은 꽤 큰 방이 하나 쑥 들어갈 수 있을 정도로 두꺼웠던 것이다.

"대체….'

실피르가 무언가 중얼거리려던 그때.

연푸른색으로 빛나던 크리스털의 중심에 희미한 그림자가 떠올랐다.

저건?!

"가우리 님?!"

소리를 지르고 크리스털 쪽으로 달려가는 실피르.

그랬다. 크리스털의 중심부에 희미하게 떠오른 사람 그림자는 틀림없이 가우리였다.

눈을 감고 조용히 서 있는 듯한 그 모습만으로는 무사한지 어떤지 알 수 없었지만.

"가우리 님! 가우리 님!"

외치면서 크리스털 기둥을 두드리는 실피르의 목소리가 들리는지 어떤지 그는 미동도 하지 않았다.

"소용없어. 그건 단순한 영상이니까."

귀에 익은 목소리가 역시 크리스털 기둥 안에서 들려왔다.

가우리의 모습이 흐릿하게 사라지더니 다음 순간 크리스털 안쪽, 완전히 동일한 그 장소에 작고 검은 그림자가 비쳤다.

"피브리조!"

"예…?"

내 목소리에 실피르는 몇 발짝 크리스털에서 떨어졌다.

"이… 어린애… 가요?"

"너랑은 첫 대면이구나. 리나 인버스와 어떤 관계인지는 모르겠지만. 뭐, 흔히 말하는 '동료'겠지?

만나서 반가워.

그래, 내가 바로 헬마스터 피브리조.

루비 아이 샤브라니구두 님의 다섯 심복 중 하나.

이 명왕궁의, 그리고 이 사령도시 사일라그의 왕에 해당하는 존재지….

오래 사귈 일은 없겠지만 잘 부탁해."

목례와 함께 장난 섞인 인사를 했다.

"너, 사일라그에 대체 무슨 짓을 한 거지?!

이곳에 있던 신성수는?! 마을 사람들은?!"

시비조로 묻는 내게 그는 미소를 보였다.

"그 나무는 내가 오자마자 깨끗하게 쪼개져버렸어.

독기를 흡수해서 성장하는 나무였던 모양인데, 아무래도 내 독기를 모두 흡수하지 못하고 터져버린 모양이야.

하지만 그래선 평범한 인간도 접근하지 않을 테니까

일단 마을을 만들고 주위 일대의 독기를 억눌렀지."

그렇구나. 그래서 실수였는지, 불가피한 일이었는지는 모르겠지만 독기외 숲의 독까지 중회되고 민 거였어.

"그리고 나무뿌리가 있던 곳에 난 구멍을 이용해서 이 명왕궁을 지은 거야."

"그래서? 그 마을 사람들은 대체 뭐지? 환상? 아니면…."

"아, 그거 말이지,

얼마 전 사건으로 죽은 이 마을 사람들의 남은 사념을 끌어 모아 실체를 부여한 것뿐이야.

물론 여러 가지 제약을 주긴 했지만."

"그럼…?! 아버지는…?!"

"당연히 이미 옛날에 죽었지.

그건 의지를 가진 내 꼭두각시 인형이라고 할 수 있어.

설마 눈치 못 챈 건 아니겠지?"

떨리는 목소리로 묻는 실피르에게 피브리조는 냉담하게 말했다.

그나저나 잔류한 사념에 실체를 부여했다는 말은, 신관장이나 노점 아줌마도 이를테면 모두 유령과 같은 존재라는 뜻.

다시 말해 헬마스터 피브리조는 이 마을을 그 별칭 그대로 사령 도시로 만들었다는 소리다.

"상당한 악취미네.

오전에 우리들이 이 안으로 들어오지 못하게 한 것도 어차피 무언가 꿍꿍이가 있어서 그런 거겠지?"

"당연한 말씀."

내 질문을 받자 크리스털 안에 있던 헬마스터는 선뜻 고개를 끄덕였다.

"이것저것 장난을 치는 건 꽤 재미있는 일이야.

상대가 멋지게 걸려들면 꽤 기분이 좋거든."

"라샤트 건은 꽤 허술했지만 말야."

"아··· 그거 말이지?"

내 말에 그는 쓴웃음을 머금었다.

"가브를 해치운 덕분에 내 밑으로 들어오게 된 것까진 좋았는데 설마 어이없이 당할 거라곤 생각도 못 했어.

어지간히 허접한 연기였나 봐?

뭐, 그런 녀석이 부하였으니 가브도 꽤나 고생했겠어."

"그런 것보다!"

헬마스터를 노려보며 언성을 높이는 실피르.

"가우리 님은?! 가우리 님은 무사하겠죠?!"

"아, 그 남자?

아직 괜찮을 거야. 내가 만든 마력의 크리스털 안에 갇혀서 가사 상태에 있긴 하지만.

혹시 너 그 남자를···?"

"당신과는 상관없는 일이에요!"

"뭐, 아무래도 좋지만···.

가르쳐주지.

그는 명왕궁을 지탱하는 이 크리스털 기둥 안, 가장 아래쪽 부분에 있어.

구할 자신이 있다면 가보도록 해.

구할 자신이 있다면 말야.

아, 그보다도,

굳이 내가 이렇게 너희들에게 모습을 드러낸 건 보여주고 싶은 게 있어서야.

이거."

말하고 나서 크리스털 안의 헬마스터는 손가락을 딱 튕겼다.

순간 피브리조의 모습은 사라지고, 대신 어딘지 알 수 없는 연회색 통로를 나아가는 두 남녀의 모습이 크리스털 안에 비쳤다.

"아멜리아! 제르!"

그랬다. 그것은 어제 이곳을 방문한 후 모습을 감춘 두 사람이었다.

"어제 왔기에 조금 일찍 초대했지."

어디선가 들려오는 헬마스터 피브리조의 목소리.

"설마?! 두 사람을!"

"죽이지는 않았어. 아직은 말야.

너희들 인간이 평범하게 덤벼선 나에게 대적할 수 없다는 사실을 알려주기 위해서 말이지."

"…혹시 저 두 사람, 하루 종일 이 명왕궁 안을 헤매고 있는 거야?"

"그런 셈이야.

…물론 시간을 약간 조작했으니 말이지.

두 사람은 이곳으로 들어온 지 그리 많은 시간이 지나지 않았다고 느끼겠지만."

"시간을—조작해요?!"

"당연히 거짓말이야."

놀라 소리치는 실피르에게 나는 냉담하게 말했다.

"아마 시간 감각을 이상하게 만들고 동시에 체기능을 조금 저하시킨 정도겠지. 그렇게 해서 시간의 흐름이 느리게 느껴지도록 만들었을 거야."

"그 말이 맞아.

일일이 설명하기가 성가셔서 시간이라고 말한 것뿐이지.

그런 것보다

슬슬 두 사람이 온 것 같아."

왔다고?

크리스털 안에 비친 아멜리아와 제르가디스 두 사람은 멈춰 서 있었다.

그 앞을 막고 있는 것은 하나의 문.

얼굴을 마주한 두 사람의 눈앞에서 문은 저절로 천천히 열렸다.

한순간 망설이다가 두 사람은 문 안으로 들어갔다.

크리스털의 영상이 다시 전환되었다.

이번엔 그 방 안이었다. 어떻게 전환시키고 있는지는 모르겠지만 꽤 훌륭한 기술이다.

우리들이 지금 있는 곳과 마찬가지로 그저 넓기만 한 둥근 방. 앞쪽에는 이쪽으로 등을 돌린 아멜리아와 제르가디스의 뒷모습.

조금 떨어진 정면에서, 역시 방을 상하로 관통한 크리스털 기둥

앞에 멈춰 서 있는 작은 그림자 하나.

"…여기서 우리들을 기다리고 있었던 건가? 황송하군."

어딘가에서 들려오는 제르의 목소리.

"너희들을 기다리고 있었던 게 아니야.

지금 위쪽에 리나 인버스가 와 있는데…."

"리나가?! 벌써?!"

"그래.

너희들이 아무리 발버둥을 쳐봤자 나를 당해낼 수 없다는 걸 모두에게 알려주고 싶어서 말야."

"그렇게는 안 될걸!"

자신만만하게 단언하며 헬마스터를 오른손으로 척! 가리킨 것은 말할 것도 없이 아멜리아였다.

"비록 너에게 엄청난 힘이 있더라도 지금까지 악이 승리한 적은 없었어!

정의의 불꽃이 우리 한 사람 한 사람의 가슴속에 뜨겁게 타오르고 있는 한, 너의 꿍꿍이가 실현될 날은 영원히 오지 않을 줄 알아!"

"헤에, 쉽게 말해 너희들은 모두 '정의의 사도'인 셈이구나."

조소하는 듯한 헬마스터의 말에 아멜리아는 피브리조를 가리키던 자세 그대로 한순간 침묵하더니 내뱉었다.

"리나는 빼고!"

"야! 아멜리아!"

들리지 않을 걸 알면서도 무심코 외치는 나.

그야 뭐, 나도 스스로를 정의의 사도라고 생각한 적은 없지만
….

다른 사람에게서 그런 말을 들으니 왠지 꽤 열받는다.

"정의라고 했나? 그건 결국 인간으로서의 정의겠지?

우리 마족에게 있어서 정의는 세계를 무로 되돌리는 거야."

"그런 시시한 말로 나를 현혹시키려 해도 소용없어!

정의를 믿는 마음에는 조금도 흔들림이 없다고!"

"헛소리가 아니야.

애초에 너희들도, 우리들도 같은 것에서 분화한 존재.

너희들은 계속 존재할 것을 바라고 우리들은 그 반대의 특성,
즉 멸망을 바란다는 차이가 있을 뿐이지.

우리 마족의 입장에선 존재는 무수한 모순을 낳는 것.

무는 무 이외에 아무것도 아니야.

모순을 내포한 존재보다 완전한 질서로 가득한 무를 선택하는
것,

그게 우리 마족인 거지."

"헛소리에 귀를 기울일 생각은 없다고 했어!"

전혀 동요하지 않고 아멜리아가 말했다.

혹시 피브리조가 무슨 말을 하는지 단순히 이해하지 못한 게 아
닐까 싶은 건 나의 지나친 생각일까?

"그리고! 그렇게 멸망하고 싶다면 너희들만 냉큼 멸망하면 되

잖아?! 우리들은 아무도 안 말려!"

"뭘 모르는구나…."

아멜리아의 말에 한숨을 쉬는 헬마스터.

"우리들만 멸망하고 싶은 건 아니야.

세계 자체를 멸하지 않으면 의미가 없어.

뭐, 이해할 거라곤 생각하지 않았지만 말야.

우리들도 너희들이 왜 계속 존재하려고 하는지 전혀 이해하지 못하니까.

애당초 서로를 이해한다는 건 불가능한 일이야,

우리들과 너희들은."

"쉽게 말해…

결판을 낼 수밖에 없다는 소리로군."

제르가디스의 중얼거림에 피브리조는 웃으며 고개를 끄덕였다.

"그런 셈이야.

—하지만 솔직히 말해, 여기서 너희들과 정면으로 싸우는 건 좀 불공평하겠지.

내가 마음만 먹으면 너희들이 주문을 다 외우기도 전에 가루로 만드는 건 식은 죽 먹기니까.

그래선 너무 재미가 없어.

그래서 말인데, 한 가지 게임을 해보지 않겠어?"

"게임?"

피브리조의 말에 미간을 찌푸리는 아멜리아.

"그래. 게임이야.

규칙은 간단해.

너희 두 사람이 나에게 공격을 하는 거야.

난 방어는 하겠지만 너희들에게 절대로 손을 대지 않겠어.

그래서 너희들이 날 쓰러뜨리면 너희들의 승리,

쓰러뜨리지 못하면 나의 승리."

"그거 참 꽤나 유리한 조건이군….

그래서? 우리들이 이기면 가우리를 돌려줄 텐가?"

"그래."

라고 말한 피브리조의 뒤쪽에 있는 크리스털 기둥 안에 가우리의 모습이 어렴풋이 비쳤다.

"가사 상태로 이 명왕궁의 크리스털 가장 아래쪽에 봉인되어 있어.

나를 쓰러뜨리면 자연스럽게 풀려날 테니까 알아서 데리고 가도록 해."

"그리고 우리가 지면 우리들의 목숨을 바치면 되는 건가?"

"아니. 그렇지 않아."

제르의 말에 피브리조는 웃으면서 고개를 저었다.

"너희들이 지면 결국 인간은 날 못 이긴다는 것을 깨닫게 될 뿐이야.

그걸로 충분해."

그렇군…. 그런 속셈인가.

다시 말해 헬마스터는 아멜리아나 제르보다, 이 광경을 여기에서 지켜보고 있는 나에게 암묵적으로 이렇게 말하고 있는 것이다.

나를 쓰러뜨리고 싶으면 기가 슬레이브를 쓸 수밖에 없다.

"좋아!"

다시 쓸데없이 피브리조를 손가락으로 척! 가리키고 아멜리아가 말했다.

"그 무모한 자신감과 발언을 후회하게 만들어주겠어!"

무모한 자신감에 관해선 남 말 할 입장이 아니라는 생각도 드는데….

피브리조는 주문 영창을 시작한 아멜리아를 보면서 여유로운 미소를 머금고 서 있다.

제르 역시 주문을 외우기 시작했다.

좋아! 그럼 나도 행동 개시!

"가자! 우리들도!"

"알았어요!"

내 말의 의도를 간파하고 즉석에서 고개를 끄덕이는 실피르.

피브리조가 아멜리아 일행과의 싸움에 열중해 있는 동안, 우리들은 아래쪽으로 내려갈 생각이었다.

가우리를 찾아내서 구할 수 있다면 더할 나위 없고, 그렇게까지 일이 잘 풀릴 거라곤 생각되지 않지만 그래도 가능하면 아멜리아 일행과 합류하고 싶었다.

크리스털 기둥을 빙 돌아가서 보니 뜻밖에도 아래쪽으로 이어진 계단이 바닥에 입을 벌리고 있었다.

솔직히 말해서 계단이 있을 거라곤 생각지 못했는데….

하지만 이 명왕궁이 피브리조의 생각대로 존재한다는 점을 감안하면, 이것은 쉽게 말해 내려오라는 소리일 터다.

설마 가우리가 있는 곳으로 직접 이어져 있을 리는 없겠지.

아마 우리들을 자신이 있는 곳으로 인도해서 자신의 힘을 직접 체험하게 할 속셈이리라.

좋아! 가주겠어!

나와 실피르는 얼굴을 마주 보며 고개를 끄덕이고 계단을 내려가기 시작했다.

피브리조가 있는 곳으로 통하는 계단을.

4. 어둠보다, 밤보다 깊은 자

전설은 이렇게 말한다.

세계는 혼돈의 바다에 세워져 있는 지팡이 위에 얹힌 둥그런 판이라고.

나는 그 이야기가 잘못되었다고 생각하고 있었다.

하지만 클리어 바이블의 지식을 얻은 지금, 조금이지만 생각이 바뀌었다.

절반 정도는 맞는 말이라고.

"라 틸트!"

아멜리아의 목소리가 주위에 울려 퍼졌다.

나와 실피르 두 사람이 계단을 내려온 곳 역시 위쪽과 비슷한 구조의 방이었다.

방의 중앙에는 역시 상하를 관통한 크리스털 기둥.

그리고 그 기둥에도 역시 아멜리아 일행과 피브리조와의 싸움, 아니, '게임'의 양상이 비치고 있었다.

목소리 역시 마찬가지로 들려왔다.

하지만 아멜리아가 쏜 라 틸트는 발동조차 하지 않았다.

"앗…?!"

경악한 표정을 짓는 그녀에게 피브리조는 여유로운 미소를 보였다.

"그 정도 술법이라면 막는 데 주문을 외울 필요도 없어.

막겠다는 생각만으로도 주문의 힘을 발동 전에 중화할 수 있으니까."

……정말 터무니없는 녀석이다.

카오스 드래곤(마룡왕) 가브조차 우리들의 술법을 중화할 때에는 휘파람 소리 같은 짧은 주문 영창을 필요로 했는데.

"라 틸트!"

틈을 주지 않고 외운 제르의 주문도 마찬가지.

기습이라도 하지 않는 한 피브리조를 상대로 술법을 발동시키기란 아마 불가능할 것이다.

그러니 이 상황에서 아멜리아와 제르가 헬마스터의 허를 찌르는 것은 실질적으로 불가능한 이야기.

그렇다면 그 방에 난입하자마자 내가 주문을 날린다면?

하지만 그러려면 일단 그 장소에 도달해야 한다.

서둘러야겠다.

나와 실피르 두 사람은 방 중앙에 세워진 크리스털 기둥을 돌아역시 바닥에 뚫린 계단을 내려갔다.

전설은 이렇다.

로드 오브 나이트메어(금색의 마왕), 그가 바로 마왕 중의 마왕, 천공에서 떨어져 혼돈의 바다에서 흔들리는 존재라고.

내가 언니와 함께 딜스 왕궁으로 갔을 때, 늙은 예언자가 언니에게 했던 말이었다.

하지만 그것은 사실과 다르다.

그의 지식의 바탕이 된 클리어 바이블의 사본이 불완전했는지, 아니면 그의 해석이 잘못되었는지, 그것은 알 수 없다.

계단을 내려온 그 장소도 아까와 비슷한 방이었다.

—혹시 이 명왕궁의 입구처럼 공간을 왜곡시켜 같은 층을 오르내리도록 만든 게 아닐까…?

그런 의문이 한순간 머리를 스쳤지만 여하튼 지금의 우리들은 밑으로 밑으로 향하는 것 외엔 방법이 없었다.

그사이에도 아멜리아와 제르의 주문 공격은 계속되고 있었다.

라 틸트가 너무나 쉽게 무력화되자 두 사람은 여러 가지 술법을 시도해보고 있었다.

"에르메키아 란스!"

"고즈 부 로[冥瓊屍]!"

하지만 피브리조는 아멜리아가 쏜 빛의 창을 한 손으로 가볍게 털어내고, 제르가 만든 바닥을 질주하는 검은 그림자를 아무렇지도 않게 밟아 없앴다.

—실력 차이가 너무 크다.

헬마스터의 의도대로 아멜리아와 제르의 얼굴에 조바심과 절망이 뒤섞이기 시작했다.

"파이어 볼[火炎球]!"

밑져야 본전이라는 생각인지, 아니면 조바심 때문에 흥분한 건지 아멜리아가 파이어 볼을 날렸다.

물론 이런 게 마족에게 먹힐 리 없다. 헬마스터는 쓴웃음이 섞인 미소를 머금은 채 피하지도, 막지도 않았다.

콰앙!

아멜리아가 쏜 파이어 볼은 피브리조에게 명중해서 주위에 엄청난 빛을 흩뿌렸다.

그와 동시에….

"라 틸트!"

제르가디스가 술법을 해방했다.

하지만 역시 술법은 발동조차 하지 않았고 제르의 목소리만이 허무하게 흐를 뿐이었다.

이윽고 파이어 볼의 연기가 사라진 곳에는 쓴웃음을 머금고 우뚝 서 있는 헬마스터 피브리조의 모습이 있었다.

"혹시…

방금 파이어 볼루 눈가림을 할 속셈이었어?

그러기엔 너무 형편없는 기술 아닐까?"

"큭…!

그렇다면!"

제르는 등에 멘 브로드 소드를 뽑아 들고 주문을 외웠다.

"아스트랄 바인[魔皇靈斬]!"

마력을 검에 불어넣고 그대로 피브리조를 향해 정면으로 돌진
했다!

부웅!

그러나 바람을 가르는 브로드 소드의 일격을 피브리조는 피하
려 하지도 않았다.

내려친 제르의 검은 헬마스터 피브리조의 몸을 머리에서 발까
지 손쉽게 베었다.

―아니,

피브리조의 몸을 허망하게 통과했다.

그렇구나. 애초에 이 녀석은 정신체, 뭔지는 모르지만 어떤 방
법을 써서 지금 모습으로 실체화시킨 것뿐이다.

실체화된 힘을 약하게 하면 방금 같은 일도 가능했다.

"그래서?"

"……."

피브리조가 표정 하나 바꾸지 않고 말하자 제르가디스는 할 말
을 잃었다.

좌절하지 않고 주문을 외우는 아멜리아. 하지만 그 얼굴에는 이
미 조바심의 색채가 역력하게 배어 나왔다.

피브리조는 말했다.

모든 것은 하나에서 분화했다고.

만약 그 말이 맞다면….

피브리조의 '게임'은 종반을 맞이하고 있었다.

아멜리아와 제르의 마력이 모두 소진된 것은 아니었다.

하지만 공격 방법은 이미 다 떨어진 상태였다.

실제로 지금까지 헬마스터에게 결정타는커녕, 제대로 된 일격을 퍼붓지도 못했다.

결국 지금 두 사람은 라 틸트를 외우면서도 바로 술법을 쏘지 못하고 피브리조의 허를 찌르기 위해 눈싸움만 계속하고 있었다.

이 균형을 깨뜨릴 수 있는 방법은 오직 하나.

우리들이 난입하는 것이다.

한편 나와 실피르 두 사람은 겨우 조금 다른 장소에 다다를 수 있었다.

비슷한 방에서 비슷한 방으로 그저 내려가기만 했다.

얼마나 그걸 반복했을까?

두 사람은 그때까지와는 달리 아래쪽 계단이 없는 방에 도달했다.

다른 장소에 있는 게 아닐까 생각해서 방을 나와 통로를 얼마동안 달리자 아래쪽으로 가는 계단이 발견되었다.

하지만 방의 구조는 바뀌었다. 그렇다면 혹시 목적한 방이 가까운 게 아닐까?

그럼 역시 예정대로 난입하자마자 기습 공격을 해줄 테다!

나는 통로를 달리면서 속으로 드래곤 슬레이브의 주문을 외우기 시작했다.

얼마 동안 그렇게 무작정 달렸을까?

보인다!

통로 끝에 열려 있는 하나의 문.

그 안쪽, 방 안에는 작고 검은 사람 그림자와 대치하고 있는 두 사람의 뒷모습.

좋아! 도착했다!

발걸음을 빨리 해서 그대로 방 안으로 뛰어들었다.

헬마스터의 시선이 이쪽으로 힐끔 향한 그 순간.

나는 외워두었던 주문을 해방했다!

"드래곤 슬레이브!"

하지만!

내 주문은 역시 발동조차 하지 않았다.

읽힌 건가?!

"그것도 예상하고 있었어!"

의기양양한 어조로 말하는 헬마스터.

그러나 그 순간.

"드래곤 슬레이브!"

틈을 주지 않고 주문을 해방한 것은….

"실피르!"

"아닛?!"

내 목소리와 헬마스터의 놀란 목소리가 겹쳐졌다.

설마 실피르로부터 이 일격이 오리라곤 예상하지 못했을 것이다. 술법을 중화할 틈조차 없이 드래곤 슬레이브의 붉은 빛이 헬마스터를 향해 집결했다!

"크아아아악!"

떨리는 목소리로 비명을 지르는 헬마스터 피브리조. 정신력의 힘으로 드래곤 슬레이브의 힘을 억제할 생각인 듯했지만….

""라 틸트!""

그 기회를 놓치지 않고 해방한 아멜리아와 제르의 '힘 있는 말'이 멋지게 겹쳐졌다!

콰앙!

그리고 술법이 발동했다!

라 틸트의 푸른, 아니, 흰 불기둥이 헬마스터 피브리조의 전신을 휘감았다.

불기둥의 색깔이 보통 때와 다르네?!

드래곤 슬레이브와 이중으로 겹쳐진 라 틸트가 서로에게 반응한 건가?

<u>우오오오오오오오오!</u>

짐승 울음소리와 비슷한 피브리조의 목소리가 공기를 뒤흔들었다.

—이윽고.

세 가지 주문이 뒤섞인 흰 불기둥 안에서 헬마스터의 모습은 검은 그림자로 바뀌어 빛 안으로 산산이 흩어졌다!

그리고 빛의 기둥이 사라진 그곳에는….

더 이상 헬마스터 피브리조의 모습은 남아 있지 않았다.

"해치운… 건가…?"

긴 침묵 후에 작게 중얼거린 것은 제르가디스였다.

"글쎄요…."

방심하지 않고 주위를 둘러보며 중얼거리는 실피르.

분명 주위에는 아무런 기척도 없긴 했다.

하지만….

"저건?!"

아멜리아의 목소리에 시선을 돌려보니 명왕궁을 지탱하고 있는 크리스털 기둥 안에 부연 사람 그림자가 떠오르고 있었다.

피브리조인가?!

황급히 자세를 취하고 제각각 주문을 외우는 일동의 눈앞에 그것은 서서히 그 모습을 드러냈다.

저건?!

"가우리 님?!"

실피르가 소리를 질렀다.

그랬다.

크리스털 안에서 천천히 떠오른 것은 틀림없는 가우리의 모습이었다.

천천히 떠밀리듯 가우리의 몸은 크리스털 안에서 빠져나왔다.

"가우리!"

소리를 지르며 내가 달려가려 할 때,

어느새 달려간 실피르가 가우리의 몸을 받아 안았다.

아….

왠지 가슴이 꽉 막힌 듯한 기분에 나는 앞으로 나가려던 발길을 멈추었다.

"무사… 해…?"

내 질문에 실피르는 돌아보지도 않고 고개를 끄덕였다.

그래…. 무사하구나.

자연스레 안도의 한숨이 새어 나왔다.

"가우리 님, 가우리 님."

"우…."

실피르의 목소리가 들렸는지 가우리의 입에서 작은 신음 소리가 흘러나왔다.

다행이다…. 아무래도 특별히 몸에 이상은 없는 것 같다.

하지만 몸에 이상이 없다는 걸 안 이상….

"이곳… 은…?"

벌써 의식이 돌아왔는지 가볍게 고개를 흔들면서 가우리는 주위를 둘러보았다.

그 순간.

"'이곳은?'이 아니잖아아아아아아아아아아아아!"

퍼억!

내 날아차기가 멋지게 그의 머리에 작렬했다.

"리, 리나 씨?!"

"무, 무슨 짓이야?! 갑자기?!"

실피르와 가우리의 항의가 섞인 목소리는 무시.

가우리가 일단 무사하다는 것을 안 순간 괜스레 화가 치밀었던 것이다.

"원 참! 다들 걱정했잖아!

아무리 상대가 헬마스터 피브리조라고 해도 그렇게 쉽게 잡히는 게 어디 있어! 옛날이야기에 나오는 공주님도 아니고 말야!"

"어…?! 잠깐…?"

"뭐, 다들 무사하니 그나마 다행이야."

말하고 나서 나는 가우리에게 획 등을 돌렸다.

"실피르에게 감사해! 그녀가 없었다면 너를 구해내지 못했을 수도 있었으니까!"

"뭐…?"

난처한 듯한 가우리의 목소리.

그가 어떤 표정을 짓고 있는지 등을 돌린 나에겐 전혀 보이지 않았다.

어쩌면 보고 싶지 않았던 것일지도 모르겠다.

"가우리 님…, 무사해서 다행이에요."

실피르의 목소리가 희미하게 떨리고 있다는 걸 알 수 있었다.

얼마 동안 잠자코 있다가 가우리는 말했다.

손을 한 번 탁 치더니,

"아, 맞다. 나 그 녀석에게 붙잡혔었지!"

""그런 걸 까먹지 마!""

그곳에 있던 거의 전원이 합창했다.

이 녀석…, 자신이 처한 상황을 이해 못 한 거였군….

뭐, 그 점이 가우리답다면 가우리답지만.

"그러고 보니, 그 녀석은?"

가우리의 질문에 우리 네 사람은 한순간 얼굴을 마주 보았다.

"가우리 님이 풀려난 걸로 보아…

역시 해치운 게 아닐까 생각되는데요…."

"분명 그럴 거예요! 정의를 사랑하는 우리들의 마음이 악을 무
찌른 거라고요!"

"하지만, 그 정도 녀석이 정말 아까 정도의 공격으로…?"

내 말에 실피르와 혼자 들떠 있던 아멜리아가 침묵했다.

"어쨌거나 확실한 건…."

옆에서 제르가 끼어들었다.

"이곳에 더 이상 오래 있는 건 좋지 않다는 거지.

가우리도 구해냈으니 말야."

"찬성이에요."

"이의 없어!"

"사정을 잘 모르겠는데…."

"으아아아아아아아! 나중에 설명할 테니까! 어쨌거나 지금은 잠자코 따라와!

그럼 다들! 탈출하자! 계단은 이쪽이야!"

그렇게 말하고 방을 나온 다음 왔던 길을 되짚어서 연회색 통로를 나아갔다.

그 뒤를 제르, 아멜리아, 가우리가 따랐고 맨 뒤에는 실피르가 있었다.

얼마 가지 않아 발견된 위쪽으로 통하는 계단을 오르면서 나는 문득 어떤 사실을 떠올렸다.

"그러고 보니 가우리, 빛의 검. 아니, 고른노바라고 해야 하나? 그거 어떻게 됐어?"

"아…,

음…, 나도 잘 모르겠는데?"

그런 대답이 돌아올 거라고 예상하긴 했지만….

"빛의 검에서 뻗어 나온 촉수에게 붙잡힌 다음, 문득 정신을 차렸을 땐 이 건물 안이었고…

촉수에서 풀려나는 깃과 동시에 푸른 안개 같은 것에 휩싸여서…

그다음 정신이 든 게 아까 그때였어."

그랬구나.

헬마스터는 그것을 이계의 마족과 같은 존재라고 말했다.

그렇다면 피브리조가 이미 원래 세계로 돌려보낸 것은 아닐까?

그리고 만약 아직 그것이 있다고 해도 마족의 일종이라는 것을 안 이상, 무턱대고 쓸 생각은 들지 않았다.

그걸 알기 전에는 꽤나 무신경하게 마구잡이로 사용했지만….

뭐, 어찌 됐든 그건 포기할 수밖에 없을 거다.

그런 것들을 생각하면서 나는 계단을 올랐다.

"그러고 보니 고른노바를 잊고 있었군."

귀에 익은 목소리가 나를 맞이했다.

──?!

계단을 다 오르면 그곳엔 다른 통로가 있어야 정상이었다.

하지만 지금 내 눈앞에 있는 것은….

그저 넓기만 한 연회색의 둥근 방.

중앙을 상하로 관통한 거대한 크리스털 기둥.

그리고 그 크리스털 기둥 앞에 우뚝 서 있는 것은….

"역시 살아 있었구나….

헬마스터 피브리조!"

소년의 모습을 빌린 악마는 여유로운 미소를 머금었다.

역시 죽지 않았어.

어느 정도 예상은 했지만….

일부러 그의 이름을 부른 것은 뒤에 오는 사람들에게 경고를 하

….

"어…?!"

그때 나는 비로소 깨달았다.

방금 전까지 뒤에 있었던 네 사람의 기척이 사라졌다는 것을.

황급히 그쪽을 돌아보니 네 사람은커녕 방금 전에 올라왔던 계단조차 보이지 않았다.

"조금 공간을 비틀어보았어.

리나 인버스 너 한 사람만 초대하고 싶어서 말야."

라고 말하며 피브리조는 손가락을 딱 튕겼다.

방 중앙에 있는 크리스털 기둥이 희미하게 빛나더니 연회색 통로에서 주뼛주뼛 주위를 둘러보는 가우리 일행 네 사람의 모습이 비쳤다.

"계단의 공간을 조금 비틀어서 말야,

너만을 이곳으로 초대한 거지.

다들 필사적으로 너를 찾고 있군.

그런 곳을 아무리 찾아봤자 소용없는데."

"그럼… 어디지?! 이곳은!"

내 질문에 피브리조는 싱긋 미소 지었다.

"여기가 이 명왕궁의 가장 아래층 방이야.

아까 함께 싸웠던 곳은 여기서 5층 정도 위의 방이지.

…하지만 아까는 멋지게 허를 찔렸어.

설마 그 아가씨가 드래곤 슬레이브를 쓸 거라곤 생각지도 못했거든."

"나도 몰랐어. 실피르가 그걸 쓸 수 있을 거라곤."

"황급히 정신체의 일부를 미끼로 남겨두고 도망쳤기에 망정이지, 그렇지 않았다면 좀 더 험한 꼴을 당할 뻔했어.

인간치곤 훌륭했기에 그 상으로 가우리인가 하는 남자는 풀어줬지만 말야."

"친절하기도 하셔라."

내 비꼬는 말을 완전히 무시하고 피브리조는 계속 말을 이었다.

"하지만 넌 눈치챈 모양이더군. 내가 무사하다는 걸."

"뭐, 어렴풋이는….

네가 죽은 것치곤 네 의지로 자유롭게 변하는 이 건물에 아무런 변화도 없다는 점이 이상했고,

아무리 허를 찔렸다고 해도 그 정도로 당하는 건 아무리 그래도 너무 어이없다고 생각했거든."

"그야 그렇군.

확실히 아까 공격은 인간치곤 대담했지만 어디까지나 인간치곤 그렇다는 이야기니까.

아, 맞다. 네가 아까 한 말로 생각났는데…."

피브리조의 가슴 앞 언저리의 공간이 한순간 흔들리더니 빛의 검, 아니, 고른노바가 허공에서 생겨났다.

"이걸 돌려주는 걸 깜박하고 있었어.

다크 스타에게."

말하고 나서 피브리조는 조용히 눈을 감고 속으로 작게 주문 같은 것을 중얼거리기 시작했다.

이윽고 머지않아.

위잉… 위이이이이이이잉….

단단하고 날카로운 금속이 떠는 듯한 소리가 점차 커졌다.

공기를 진동시키고 고막을 진동시키며 머릿속에까지 소리가 파고들더니,

그리고 들리지 않게 되었다.

소리가 사라진 것은 아니었다.

분명 귀에는 들리지 않지만 주위 공기가 여전히 진동하고 있다는 것은 분명히 알 수 있었다.

사람의 귀가 포착할 수 있는 수준을 넘어선 것이다.

그리고 그 순간.

고른노바가 한순간 시커멓게 물들더니 마치 시냇물에 먹물을 떨어뜨린 것처럼 허공으로 떠내려가 사라졌다.

동시에 소리, 아니, 진동이 주위에서 사라졌다는 것을 나는 눈치챘다.

"이걸로 되었군…."

헬마스터는 다시 눈을 뜨고 싱긋 미소 지었다.

"이렇게 해서 그건 돌아갔어.

다크 스타에게로 말야.

자, 그럼…

조금 순서가 바뀌고 말았지만 뭐, 어때.

슬슬 본론으로 들어가볼까?"

피브리조는 크리스털 기둥에 비친 네 사람에게 시선을 돌리더니 다시 손가락을 딱 튕겼다.

그 순간.

슈우우우우욱!

네 사람의 발치에서 푸른 안개가 생겨났다!

"뭐야?!"

놀라서 소리치는 가우리 일행 네 사람의 모습이 순식간에 그 안개에 휩싸이더니,

파직!

다음 순간 네 사람은 푸른 크리스털 안에 봉인되었다!

"앗?!"

무심코 소리치는 나.

아마 그것은 가우리를 가두고 있던 것과 같은 것이리라.

그렇다면 거기에서 빠져나오는 방법은 헬마스터 자신이 그것을 바라든지, 피브리조를 쓰러뜨리든지 둘 중에 하나.

"어떡할래? 리나 인버스."

피브리조는 오히려 쾌활한 웃음을 지으며 말했다.

"내가 마음만 먹으면 저 네 사람을 죽일 수 있어.

지금 당장이라도.

크리스털을 살짝 깨뜨리기만 하면 되거든."

"큭…!"

나는 정면으로 피브리조를 노려보았다.

뺨에 한 줄기 땀이 흘러내렸다.

"그런 사태를 막을 수 있는 건 너뿐이야."

놀리는 듯한 어조로 말하는 피브리조.

"방법은 오직 하나.

다시 말해 여기 있는 나를 쓰러뜨리는 것.

—하지만 알고 있을 거라 생각하지만, 평범한 기술론 나에게 흠집조차 낼 수 없어.

그리고 가브를 베어낸 어둠의 칼날을 사용하려 하면 난 주저 없이 공중으로 도망칠 거야.

—그건 꽤 아플 것 같으니까."

…….

후우….

잠시 동안 침묵한 후 나는 크게 한숨을 내쉬었다.

"좋아…. 알았어….

외우면 되잖아! 네 소원대로! 기가 슬레이브를!"

"헤에."

피브리조의 입매가 웃는 듯한 형태로 치켜 올라갔다.

"아무래도 눈치챈 모양이구나. 내가 너에게 무얼 시키고 싶은 건지."

"눈치채는 게 당연하잖아. 여기까지 오면."

나는 말했다.

"…하지만 굳이 나를 이용하지 않아도 네가 스스로 술법을 외워 폭주시키면 되지 않아?

어차피 세계와 함께 자폭할 생각이라면."

"그럴 수만 있다면 이런 수고는 안 해."

피브리조는 쓴웃음을 머금고 말했다.

"이 세계의 동물을 매개로 한 레서 데몬이나 브라스 데몬과는 달리, 우리 순마족은 말하자면 정신 생명체거든.

다른 존재의 힘을 빌린 주문을 외우는 건 우리들에겐 자기 자신의 힘을 부정하는 것과 마찬가지야.

우리들에게는 자살이나 마찬가지지.

무언가의 목적으로 정령 주문을 외우는 거라면 모르겠지만, 다른 고위 마족이나 그분의 힘을 빌린 주문은 다 외우기도 전에 내 존재 자체가 위험해져.

—그래서 그런 제약을 받지 않고 '주문'의 진정한 무서움을 모르는 '인간'의 도움을 받으려는 거지.

뭐, 수다는 이 정도로 해두고 슬슬 해주었으면 하는데.

아니면 동료들을 하나씩 깨뜨려줄까?"

"알았어…."

이것이 헬마스터 피브리조에게 과연 통할까…?

먼저 탤리스먼의 힘을 끌어내는 증폭의 주문을 외우고, 그 뒤를 이어 마(魔)의 이치를 관장하는 카오스 워즈(혼돈의 언어)를 엮어냈다.

　　——어둠보다 어두운 자여
　　　밤보다도 깊은 자여
　　　혼돈의 바다에 흔들려
　　　금색으로 빛나는 어둠의 왕이여

"아니?! 무슨 속셈이냐?!"

내 주문을 들은 헬마스터 피브리조의 목소리에 처음으로 초조한 기색이 섞였다.

그렇다. 내가 지금 외우고 있는 기가 슬레이브는 미완성 버전이었다.

이거라면 탤리스먼의 힘을 빌릴 경우,

어떻게든 제어가 가능할 터.

이걸로 피브리조를 해치우면 결판이 난다!

　　　나 여기서 너에게 바란다
　　　나 여기서 너에게 맹세한다
　　　내 앞을 가로막고 있는
　　　모든 어리석은 자들에게
　　　나와 네가 힘을 합쳐
　　　동등한 멸망을 가져다줄 것을!

부웅!

공간을 삐걱거리게 하는 어둠이 생겨났다.

내 주위에 만들어진 어둠의 안개가 이윽고 앞으로 내민 손바닥으로 집결했다.

혹은 뒤틀리고 혹은 부풀어 오르며 폭주하려고 하는 주문의 힘을 필사적으로 억눌렀다.

탤리스먼의 힘을 빌리긴 했지만 역시 체력 소모는 막심했다. 술법을 제어하는 것만으로도 마치 생명이 깎여나가는 듯 마력이, 체력이 점점 소모되는 것을 분명히 느낄 수 있었다.

"너 이 녀석!"

당황한 기색을 보이면서 무심코 한 발짝 물러선 헬마스터의 앞에 로드 오브 나이트메어의 힘을 빌린 술법이 완성되었다!

"기가 슬레이브!"

손바닥에 만들어진 어둠의 구슬은 수축해서 허공으로 사라지더니 다음 순간 목표의 내부로 전이해서 허무를 흩뿌렸다!

"크아아아아아악!"

헬마스터의 비명이 주위에 울려 퍼졌다.

피브리조의 몸 안에서 뿜어 나온 어둠의 불꽃이 기둥으로 변해서 그 몸을 휘감았다!

우오오오오오오오오오웅!

공간의 삐걱거림인지 피브리조의 절규인지, 명왕궁을 뒤흔들려는 듯 바람이 진동했다.

마력과 체력의 거의 전부를 사용한 나는 그 자리에 털썩 무릎을 꿇었다.

어깨로 흘러내린 내 머리카락 한 줄기는 은색으로 물들어 있었다.

생체 에너지를 과다 사용한 덕분에 일어난 현상이었다.

강렬한 졸음과 피로감이 전신을 엄습했다.

하지만 여기서 의식을 잃을 수는 없었다.

끝까지 모든 것을 확인할 때까지는.

그리고 어둠의 불기둥이 사라진 그곳.

그곳에 더 이상 헬마스터 피브리조의 모습은 없었다.

하지만 이상하다.

본래대로라면 이 술법은 그 뒤 어둠의 불기둥이 크게 확산되어 내가 있는 반대 방향을 파괴해야 정상이다.

실제로 내가 처음 이 술법을 썼을 때에는 해안의 일부를 푹 파이게 했을 정도였다.

그것이 검은 불기둥만으로 끝났다는 것은 무언가의 힘이 술법의 힘을 억눌렀다는 소리가 된다.

물론 그 무언가의 힘이라는 것은….

"제법이구나. 그렇게 나올 줄은 생각지도 못했어….

술법을 억누르는 것만으로도 꽤 아프더군…."

말과 함께 바닥에서 솟아오른 회색 그림자인지 안개인지 알 수 없는 것이 내 바로 눈앞에서 다시 헬마스터 피브리조의 모습을 만들었다.

역시…!

"욱…! 큭…!"

주저앉아 어깨로 거친 숨을 몰아쉬면서 나는 피브리조에게 시선을 돌렸다.

아마 아멜리아 등의 공격을 피한 것과 비슷한 원리였을 것이다. 정신체의 일부를 미끼로 남겨두고 그것에 술법을 맞힌 다음 공격력의 여파를 본체에서 억누르는.

"넌 분명 그 술법을 외우긴 했어.

불완전한 것이긴 했지만…"

헬마스터는 증오가 담긴 시선으로 잠시 나를 노려보더니 이윽고 그 시선을 크리스털 기둥에 비친 가우리를 비롯한 네 사람 쪽으로 돌렸다.

"하지만 그걸론 납득이 안 돼….

그리고 생각해보니 난 말한 기억이 없군.

네가 그 주문을 외우면 동료들을 살려준다는."

"뭐…?!"

"답례는 해주겠어.

전원까진 아니지만…

일단 한 사람, 네 동료를 깨뜨려주지."

야, 야단났다…!

"누구로 할까…?

그래…. 그럼 당초의 예정대로…

저 남자로 할까?"

피브리조의 시선은 크리스털 안에 비친 가우리의 모습 쪽으로 향하고 있었다.

"안 돼!"

비명이 입에서 튀어나왔다.

하지만 피브리조는 나를 힐끔 보고 작게 미소를 보냈을 뿐.

—죽고 만다! 이대로 가면 가우리가!

피브리조를 막을 수 있는 방법은 오직 하나!

방법이 떠오른 순간 나는 주저 없이 실행했다.

증폭의 주문으로 탤리스먼의 힘을 이끌어내고 카오스 워즈를 엮어냈다.

——어둠보다 어두운 자여

소리를 지르고 남은 힘을 짜내어 나는 비틀비틀 일어섰다.

내 입에서 흘러나온 카오스 워즈에 헬마스터는 차가운 시선을 내 쪽으로 돌렸다.

"호오‥ 이제 와서 다시 한번 같은 짓을 할 생각이야?

하지만 그걸로 날 이길 수 있을 거라고 생각하면 큰 오산이야."

개의치 않고 나는 주문을 계속 외웠다.

──밤보다 깊은 자여

　　이제 주문의 폭주도, 헬마스터의 꿍꿍이도, 그런 건 아무래도
좋았다.
　　다만 가우리를, 그 슬라임 뇌를, 자칭 내 보호자를 구하고 싶을
뿐이었다.

　　──혼돈의 바다여. 흔들리는 존재여. 금색으로 변하는 어둠의
왕이여.

　　"호오?!"
　　헬마스터가 환희와 경탄의 소리를 내질렀다.
　　전에 나는 이렇게 들었다.
　　로드 오브 나이트메어, 그것은 곧 천공에서 혼돈의 바다로 떨어
진 마왕 중의 마왕이라고.
　　하지만….
　　그게 아니었다.
　　클리어 바이블은 내게 말했다.
　　여러 세계의 밑에 펼쳐진 혼돈의 바다, 그것이 바로 로드 오브
나이트메어라고.
　　전설은 이렇게 말한다.

세계는 혼돈의 바다에 꽂혀 있는 지팡이 위에 있다.

하지만 그것은 이렇게 말할 수도 있지 않을까?

혼돈의 바다야말로 모든 것의 바탕이 되는 존재라고.

——나 여기서 너에게 바란다

　나 여기서 너에게 맹세한다

　내 앞을 가로막고 있는

　모든 어리석은 자들에게

　나와 네가 힘을 합쳐

　동등한 멸망을 가져다줄 것을!

다시 어둠이….

아니.

무(無)가 만들어졌다.

아니, 혹시 어쩌면 혼돈 그 자체였을지도 모르겠다.

인간의 이해를 훨씬 초월한 검은 무언가는 이윽고 천천히, 앞으로 뻗은 내 왼손바닥에 집결되기 시작했다.

동시에 내 힘도 급속도로 소모되었다. 하지만 지금 소모되고 있는 것은 마력이나 체력 따위가 아니었다.

생명력…, 흔 그 지체가 마시 빨려 늘어갈 듯이 도려져 나가 무로 떨어지는 것을 분명히 알 수 있었다.

온몸이, 세포 하나하나까지 중압감에 비명을 질렀다.

하지만 여기서 의식을 잃을 수는, 술법을 폭주시킬 수는 없었다. 만약 그렇게 된다면, 전에 실피르가 말한 것처럼, 그리고 헬마스터 피브리조의 의도대로 세계를 무로 되돌리는 결과가 될 것이다.

하지만.

두근!

소리를 내며 내 온몸이 크게 흔들렸다.

술법을 억누르려는 내 의지를 조금씩 어둠이 갉아먹어갔다.

왼손 끝에 만들어진 어둠이 불규칙적인 진동을 계속하며 조금씩 그 크기를 늘려갔다.

—폭주시킬 수는—없다.

나는 어금니를 꽉 깨물었다.

노려보던 피브리조의 모습이 주위의 경치와 함께 흐릿하게 흔들렸다.

두근!

어둠이 펼쳐졌다.

내 혼에.

—억누를 수 없다!

생각한 그 순간.

내 의식은 어둠에 잠겼다.

—그리고.

나는 천천히 눈을 떴다.

왼손 끝에는 주먹만 한 크기의 어둠이 안정된 채로 뭉쳐 있었
다.

그리고 그 앞에는 어린애의 모습을 빌린 채, 웃음을 머금고 서
있는 헬마스터 피브리조의 모습.

—헤에, 술법을 제어했구나.

대단해.

피브리조의 '목소리'가 내 머릿속에 직접 울려 퍼졌다.

초조한 기색도, 놀라는 기색도 그에겐 없었다.

—하지만 그걸로 나에게 이겼다고는 생각하지 않길 바라겠어
….

솔직히 말해 어쩌면 제어할 수 있을지도 모를 거라 생각했거
든.

데몬 블러드의 탤리스먼도 있으니 말야.

그렇게 생각해서 이런 때를 위한 장치도 준비해두었지.

머릿속에 흐르는 그 '목소리'와 함께 사일라그 시티의 영상이
한순간 머릿속에 흘렀다.

—아직 설명하지 않았지?

왜 너희들을 오전 중에 이 명왕궁 안으로 들여보내주지 않았
는지.

…이 마을이 잔류한 사념에 실체를 부여해 만든 것.

내가 그렇게 말했지만 그 실체를 만드는 재료가 무엇인지까지

는 말하지 않았지?

　…나야.

　이 마을에 있는 거의 모든 존재는 내 의지력으로 실체화시킨
거야.

　다시 말해.

　이 사일라그 마을이 바로 나라는 뜻이지.

"그래서?"

　의미심장한 헬마스터의 '목소리'에 나는 냉담하게 말했다.

　―그래서라고?

　그 말에 마음이 상했는지 피브리조의 웃음에 희미하게 증오가
뒤섞였다.

　―아직도 모르겠어?

　그럼 가르쳐주지!

　네가 점심에 먹은 요리, 그게 뭘로 만들어졌는지 알아?!

　그래!

　그것 역시 내 일부야!

　다시 말해 네 몸 속에는 이미 내 일부가 들어 있다는 소리지!

"그래서?"

　―아직도 모르겠어?!

　조바심이 난다는 듯한 '목소리'로 외치는 피브리조.

　―분명히 말해주지!

　무를 제어한 지금의 너를 밖에서 공격하기란 불가능할지도 몰

라!

하지만! 네 안에 내 일부가 있는 이상, 그것을 매개로 네 몸 안에서 파괴하는 건 가능해!

내가 마음만 먹으면 말야!

심장을 튀어나오게 하는 것도 손쉬운 일이지!

지금 널 죽이면 제어를 잃은 어둠이 어떻게 될 거라 생각해?!

홋….

완전히 착각을 하고 있는 헬마스터의 헛소리에 가벼운 코웃음을 치는 나.

그것 때문에 마음이 상했는지,

—그렇다면!

원대로 죽여주지!

온몸을 갈가리 찢어서!

순간 피브리조의 의지력이 내 안으로 밀려들더니,

튀어나갔다.

"이럴 수가?!"

경악해서 소리를 지른 것은 다름 아닌 헬마스터 피브리조였다.

조용히 멈춰 선 나를 바라본 채 몇 발짝 뒤로 물러섰다.

"말도 안 돼?!

심장이 튀어나왔어!

죽어야 정상이야!

그런데,

그런데! 왜 넌!"

완전히 이성을 잃은 피브리조에게 나는 냉담한 시선을 보냈다.

"왜?! 재생되는 거지?!"

─그랬다.

나는 분명 방금 헬마스터의 '힘'에 의해 한 번은 죽었다.

하지만….

"그래서 그게 어쨌다는 거지?"

"아…?!"

내 목소리에 헬마스터는 한순간 침묵하더니….

"아! 아…! 아아아아아아아아아아아아아아아!"

공포의 비명을 지르며 털썩 그 자리에 주저앉았다.

─이제야 눈치챈 모양이다.

내가 대체 누구인지.

하지만 내가 누구인지도 모르고 시시한 공격을 하다니… 치졸한 것에도 정도가 있다.

"설마…?!"

떨리는 목소리로 말하는 피브리조를 향해 나는 천천히 무를 조준했다.

"멸망을 가져다주지, 헬마스터 피브리조.

네가 원하는 대로 말야."

나의 핵을 이루고 있는 리나 인버스라는 인간의, 금색으로 빛나는 머리카락이 파스스 흔들렸다.

그리고 나는 왼손으로 '무'를 가볍게 움켜쥐었다.

동시에 그것은 공간을 이동해서 피브리조의 몸 안으로 전이했다.

"우왁!"

비명을 지르는 헬마스터 피브리조. 동시에 정신체의 껍질을 무의 주위에 남기고 본체가 아스트랄 사이드로 도망치려 하는 것이 보였다.

주특기인 도마뱀 꼬리 자르기인가?

하지만 소용없는 일.

나는 '무'를 매개로 자신의 의지력을 써서 피브리조를 뒤쫓아 아스트랄 사이드로 파고들었다.

이윽고 나는 아스트랄 사이드의 피브리조를 포착했다.

격렬하게 저항하는 헬마스터.

—멸망을 원한다면 따르도록 해라!

내 목소리에 피브리조의 저항이 한층 거세어졌다.

두려워하고 혼란스러워하는 것이다. 여기 있는 나에게.

필사적으로 저항하는 피브리조의 안으로 나는 무의 촉수를 뻗었다.

보통이라면 별 힘 들이지 않고 해치울 수 있는 상대지만, 빙의된 존재가 인간인 탓에 거의 제 힘을 낼 수가 없다.

하지만 피브리조를 놓아줄 마음은 들지 않았다.

아무리 눈치채지 못했다고 해도 그는 나를 공격했던 것이다.

—멸한다!

나의 의식이 폭발했다.

무가 대지에 뿌리를 내리듯 명왕궁을, 그리고 사일라그 마을을 잠식했다.

그리고.

헬마스터 피브리조의 단말마가 의식 속에 메아리쳤다.

눈을 떠보니 푸른 하늘이 보였다.

눈을 똑바로 누운 채 두세 번 눈을….

——?!

나는 자리에서 벌떡 몸을 일으켰다.

—나…. 그래, 리나 인버스….

"어…?"

한순간 전혀 상황을 이해하지 못하고 황급히 주위를 두리번거리는 나.

그곳은 깊이 파인 구멍의 바닥과도 같은 곳이었다.

주위에는 가우리, 제르, 아멜리아, 실피르가 역시 정신을 잃은 채 쓰러져 있었다.

명왕궁 안은 아니었다. 헬마스터 피브리조가 죽은 것과 동시에 그 자신에 의해 만들어진 명왕궁도, 사일라그 마을도 사라졌다는 사실을 나는 알고 있었다.

문득 깨닫고 살펴보니 내 머리카락도 원래대로 밤색으로 돌아와 있었다.

그렇게… 된 건가…?

나는 그제야 뭐가 어떻게 되었는지 깨달았다.

다시 시선을 주위로 돌렸을 때 비로소 내 바로 옆에 우뚝 서 있는 검은 사람 그림자를 깨달았다.

왠지는 잘 모르겠지만 묘하게 침착한 기분으로 그에게 시선을 돌렸다.

"안됐구나, 제로스.

네 생각대로 되지 않아서."

그랬다.

공간을 뛰어넘어 온 것이리라. 그곳에 서 있는 것은 드래곤스 피크에서 카오스 드래곤(마룡왕) 가브에게 한 팔을 잘리고 어딘가로 모습을 감추었던 그였다.

지금 보니 잘렸던 오른팔은 멀쩡하게 붙어 있는 것 같지만, 아무튼 이 녀석은 마족이니 어느 정도까지 대미지가 회복되었는지는 알 수 없다.

내 말에 검은 수신관은 여느 때와 다름없는 사람 좋은 미소를 머금은 채로 말했다.

"특별히 유감스럽게 생각하진 않습니다.

제가 실패한 것도 아니고 말이죠."

"너…, 웃으면서 태연히 동료들을 버리는 타입이지?"

"그래서 마족 아니겠습니까?"

내 비꼬는 말에 그는 여전히 미소로 답했다.

"하지만 그럼 왜 이제 와서 또 나타난 거지?

설마 피브리조의 원수를 갚겠다는 기특한 소릴 하는 건 아니겠고."

"당연히 그런 말도 안 되는 소리는 안 합니다.

다만,

대체 뭐가 어떻게 된 건지 솔직히 전혀 알 수가 없어서 말이죠.

당신이 술법을 제어한 것처럼 보이지도 않았고요.

그래서 그만 호기심에서 뭐가 어떻게 된 건지 물어보러 온 겁니다."

"내가 고분고분 설명해줄 거라 생각해?"

그 말에 제로스는 약간 고개를 갸웃거렸다.

"글쎄요….

하지만 저도 밑져야 본전이라는 마음으로 물어본 것뿐입니다."

제로스답다고 하면 제로스다운 그 대답에 나는 작게 쓴웃음을 지었다.

"얼빠진 이야기야. 단순히 두 사람이 실수를 저지른 것뿐이니까."

"두 사람이요?"

"그래.

그런 걸 한 사람, 두 사람으로 헤아리기가 좀 이상하긴 해도….

어쨌거나 난 특별히 '이긴' 게 아니라 단순히 '살아남은' 것뿐이야."

"호오."

"나는 기가 슬레이브의 완전판을 외우고,

완전히 술법 제어에 실패했어.

제어에 실패하면 구체적으로 어떻게 되는지

나는 몰랐는데 아무래도 헬마스터도 알지 못했던 모양이야.

나는 술법 제어에 실패해서…

아무래도 로드 오브 나이트메어에게 몸을 빼앗겼던 것 같아."

내 입에 담은 로드 오브 나이트메어라는 이름에 제로스가 약간 얼굴을 찡그렸지만 나는 개의치 않고 이야기를 계속했다.

"그동안 내 의식의 힘은 그것과 동화된 듯하면서도 완전히 합쳐지지는 않은… 어쨌거나 기억은 있지만 그 부분은 분명치 않아.

그런데 말야,

헬마스터는 그게 나와 동화되었다는 것을 눈치채지 못하고 공격을 가했어.

그래서 화가 난 그게 역습을 가한 거지.

자신들 편이라고 믿었던 그걸 실수로 공격했다가 오히려 역습을 받자 피브리조도 당황했는지 필사적으로 저항했어."

헬마스터의 치명적인 착각은 그것을 자기들 편이라고 착각한 것이었다.

그래서 공격을 받자 놀라 저항한 것이리라.

확실히 허무니 혼돈이니 하는 것은 마에 가까운 존재라고 생각하기 쉽지만, 피브리조가 말한 것처럼 그들, 멸망을 바라는 마족과 우리, 존재하기를 바라는 인간들이 애초에 같은 존재, 즉 그것에서 분화되었다고 하면….

그것은 마족의 왕임과 동시에 우리들의 왕이기도 한 것이다.

뭐, 그런 녀석에게 실수로라도 공격을 가했으니 당연히 반격당할 만하다.

"그것 역시 그걸로 점점 열을 받아서 헬마스터를 죽이려 했어.

……이 부분부터는 인간의 이해력을 뛰어넘는 거라서 확실히는 모르겠지만 아마도….

정면으로 붙으면 그것 쪽이 피브리조의 힘을 압도적으로 웃돌겠지만, 인간을 매개로 해서 나온 까닭에 생각처럼 힘을 잘 행사할 수 없던 모양이야.

자신의 힘을 한 번에 어느 정도까지 쓸 수 있는지 한계를 무시한 채 정신없이 피브리조에게 덤비다가…."

나는 양손을 어깨 부분에서 확 벌렸다.

"결국 양쪽이 서로 물고 무는 형태로 둘 다 죽고 말았지."

잠깐이나마 나를 지배한 그것도 힘을 과도하게 사용해서 나를 지배할 수조차 없게 되었다.

그 순간….

이 세계에서 빙의할 대상을 잃은 그것은 다시 무인지 혼돈인지로 돌아간 것이리라.

"그렇군요···. 그래서 '두 사람의 실수'로 결국 당신만 살아남은 것입니까···?

으음, 확실히 얼빠진 이야기로군요. 핫핫핫핫."

완전히 남의 일처럼 말하는 제로스.

혹시 이 녀석, 피브리조나 이번 계획이 마음에 들지 않았던 건 아닐까?

"그렇군요. 이제 납득했습니다."

말하고 나서 제로스는 나에게 빙글 등을 돌렸다.

"갈 거야?"

"예. 이제 아무런 용건도 없으니까요.

아니면."

등을 돌린 채 제로스는 물었다.

"너만은 용서 못 한다, 이대로 돌려보낼 순 없다···

그렇게 말씀하실 겁니까?"

여느 때와 변함없는 어조로 말하는 그에게 나는 어깨를 한 번 으쓱해 보였다.

"그런 피곤한 대사는 별로 안 좋아해.

여기서 너와 싸운다 해도, 지면 엄청 손해고, 이겨봤자 단순한 자기만족이야.

널 내버려두면 이 세상에 별로 도움은 안 뇌셌지만 그건 그때 이야기니까."

"그렇군요···."

내 말에 미소 지으면서 그는 고개만 돌려 바라보았다.

"그럼 전 가보겠습니다.

가능하면 두 번 다시 만나지 않기를 바라지요, 리나 씨.

만약 그런 일이 생긴다면 그때 저는 아마 그레이터 비스트(수왕) 님의 부하, 수신관으로서 움직이고 있을 테니까요."

"만약 다시 만난다면 적, 아니면 목숨을 노리는 사이라는 거군."

내 말에 제로스는 천천히 다시 시선을 먼 곳으로 돌렸다.

"그럼 제로스, 다시 만나지 않기를 바랄…."

그것이….

나와 수신관 제로스의 이별의 말이었다.

제로스의 모습은 한순간 흔들리더니 허공의 저편으로 녹아 사라졌다.

"우… 웅…."

마치 제로스가 사라지기를 기다리고 있었다는 듯 근처에서 신음 소리가 들려왔다.

그쪽으로 시선을 돌리자 가볍게 고개를 흔들면서 실피르가 몸을 일으켰다.

그와 거의 동시에 다른 세 사람도 의식을 되찾았다.

꽤 훌륭한 타이밍이었다. 제르나 아멜리아가 제로스와 얼굴을 마주쳤다면 쓸데없이 이야기가 복잡해질 뻔했다.

—아니면 이야기가 끝날 때까지 다들 정신이 들지 않도록 제로스가 무슨 수작이라도 부린 건가?

가우리를 제외한 세 사람은 왠지 속이 안 좋은 듯 배 부근을 손으로 누르고 있었다.

아, 다들 나와 마찬가지로 피브리조의 일부를 요리라는 형태로 먹었지.

하지만 그 피브리조의 일부도 그것과의 싸움 속에서 먹혀서 지금은 완전히 사라졌다.

어쨌거나 다들 무사히 몸을 일으키고 역시 상황 파악이 잘 안 되는지 주위를 두리번거리다가 이윽고 나에게 시선이 멎었다.

"리나… 씨…?"

"여, 안녕?"

아직 어딘지 멍해 있는 실피르에게 나는 살랑살랑 손을 흔들었다.

"뭐가… 어떻게 된 거지…?"

"응. 헬마스터가 죽었기에 녀석의 힘으로 만들어진 명왕궁과 사일라그 마을이 함께 사라진 거야.

아마 우리들이 있는 이곳은 명왕궁이 있었던 장소, 즉 신성수의 뿌리가 있었던 구멍의 가장 아래쪽이겠지."

주위를 둘러보고 묻는 제르에게 나는 일부러 간략하게 사정을 설명했다.

"헬마스터 피브리조가 죽었다고요…?"

내 설명을 다 들은 실피르가 그렇게 중얼거리더니 내 쪽으로 천천히 고개를 돌렸다.

"그렇다는 건… 리나 씨…

그 주문을 쓴 건가요?!"

"우…! 아니, 그게…."

전에 실피르는 내게 그 주문을 쓰지 말라고 못을 박은 적이 있었다.

"아니, 하지만 그렇게 하지 않았으면 너희들이…."

말하려다 말고 실피르의 시선 앞에 침묵하는 나.

"어쨌거나!"

그 침묵을 깨뜨리고 승리 자세를 취한 것은 말할 것도 없이 아멜리아였다.

"정의를 사랑하는 우리들의 마음이 헬마스터의 사악한 야망을 깨뜨린 거예요!"

"우리들은 거의 아무것도 안 했는데?"

"정의가 지켜졌는데 아무러면 어때요!"

제르의 날카로운 딴지에도 아랑곳 않고 부질없이 가슴을 펴는 그녀.

그런 아멜리아의 모습을 본 실피르는 쓴웃음이 섞인 한숨을 쉬었다.

"뭐, 그것도 그렇군요….

아무래도 술법도 폭주하지 않은 모양이고."

우….

"그, 그래! 뭐, 나도 그런 술법을 두 번 다시 쓸 생각은 없고 말야. 아하하하하하하하♡"

뺨에 한 줄기 땀을 흘리며 메마른 웃음소리를 내는 나.

사실은 폭주한 끝에 단순한 우연으로 이런 결과가 된 것뿐이지만….

제어한 걸로 해두자.

"저기, 아무래도 좋은데…."

가우리가 말했다. 여느 때와 다름없이 느긋한 목소리로.

"일단 위로 올라가지 않을래? 이런 구멍 바닥에서 이야기하지 말고."

"그것도 그러네."

나는 고개를 끄덕이고 레비테이션 주문을 외웠다.

바람이 불고 지나갔다.

다시 황야로 변한 사일라그 마을을.

하지만 그대로….

저곳에 자란 잡초는 대지가 아직 살아 있음을 말해주고 있었다.

"꽤 허전해졌군요…."

씁쓸한 미소를 머금고 실피르는 중얼거렸다.

후우 하고 크게 한숨을 쉬더니,

"─그런데,

다들 앞으로 어떻게 하실 생각인가요?"

"전 세이룬으로 돌아가겠어요!"

아멜리아는 쓸데없이 힘이 들어간 어조로 말했다.

"하나의 악이 사라졌다는 것을, 정의가 승리했다는 것을! 널리 사람들에게 알려야지요!"

말하고 나서 먼 곳을 손가락으로 척! 가리켰다.

만약 장래에 어떤 실수로 그녀가 여왕이라도 된다면 세이룬은 무서운 나라가 될지도 모르겠다.

언니인 그레이시아 씨가 제대로 된 사람이길 바랄 수밖에….

"난 또 적당히 여행을 계속하겠어…."

제르가디스는 먼 곳을 바라보며 그렇게 말했다.

―인간으로 돌아갈 방법을 찾는 여행.

아무런 정처도 없는 여행을….

"저기, 그런데…."

조금 우물쭈물하더니 실피르가 물었다.

"가우리 님은… 어떡하실 생각인지?"

"음? 나?"

질문을 받고 그는 내 쪽을 바라보았다.

"어떡하지?"

"어떡하다니…? 어째서 나한테 묻는 거야!"

"아니, 그냥…."

"알겠습니다…."

방금 이야기로 대체 뭘 알았는지 작게 한숨을 내쉬는 실피르.

그녀는 어딘지 개운한 얼굴로 말했다.

"전 삼촌이 계신 곳…, 세이룬으로 돌아가겠어요.

지금은 삼촌의 조수이지만 장차 신관 자격을 따서…

언젠가는

다시 이 사일라그로 돌아와서 마을을 재건할 생각이에요."

"그래…. 열심히 해."

말하는 내게 그녀는 싱긋 미소 지었다.

―자, 그럼 난 어떻게 할까?

일단 제피리아로 돌아가서 고향 사람들에게 얼굴을 비치는 것도 괜찮겠고, 이대로 얼마 동안 여기저기 여행을 하는 것도 괜찮을 것 같다.

그러면서 이런저런 생각을 하고 있는데.

"그런데, 리나, 내 빛의 검은 결국 어떻게 된 거야?"

"아, 그거 말야,

헬마스터가 원래 주인에게 돌려준다면서 다른 세계로 보내버린 모양이야."

"그렇구나…."

내 대답에 드물게 아련한 눈빛을 하는 가우리.

확실히 마족을 베어내는 빛의 검을 잃은 이상, 이제 그는 솜씨는 초일류라도 단순한 검사에 불과했다.

우웅….

"좋아! 알았어!"

말하고 나서 나는 손을 탁 쳤다.

"빛의 검을 대신할 만한 검을 찾아줄게!"

"뭐라고오오오오?!"

가우리가 놀란 듯이 외쳤다.

"리나가…! 그렇게 친절한 소리를 하다니?!"

"무슨 뜻이야?!

뭐, 따지고 보면 내가 헬마스터에게 찍힌 덕분에 빛의 검의 존재도 알려지게 된 거니 말야.

그렇다고 평범한 검으론 빛의 검을 대신할 수도 없으니까…."

"하지만 그런 게 쉽게 발견될까?"

"걱정하지 마."

나는 속 편하게 대답하고 크게 손을 휘저었다.

신성수와 함께 있던 브레스 블레이드(축복의 검)는 아마 신성수와 함께 깨져버렸겠지만, 전설에 의하면 유명한 것만 따져도 블래스트 소드, 적룡의 검, 에르메키아 블레이드 등이 있다.

그중에는 단순한 헛소문도 있을지 모르겠지만….

"찾아보면 의외로 많을지도 몰라, 그런 종류의 검은.

실은 전에도 여행 중에 무명의 마력검을 입수해서 고향에 있는 언니에게 선물로 준 적도 있어.

그런 물건이 손에 들어오면 마법의 연구 재료로도 쓸 수 있으니까 나도 기쁘고 말야."

"좋아.

쉽게 말해 검을 찾을 때까지 함께 다니자는 소리로군.

설마 도중에 내 여비만 챙겨서 도망치진 않겠지?"

"안 도망쳐."

"좋아! 그럼 가자. 당장 가자!"

"어디로…?"

"몰라! 생각하는 건 내가 아니잖아!"

"조금은 생각해애애애!"

내 손바닥이 가우리의 뒤통수를 후려쳤다.

—그리고.

우리들은 제각각 자신의 길을 걷기 시작했다.

사령도시라 불렸던 도시를 뒤로하고.

—9권에 계속—

작가 후기

작가 + L

작 : 이러저러해서!

장편 제1부의 마지막을 장식하는 이야기!

슬레이어즈 제8권 「사령도시의 왕」 신장판을 보내드렸습니
다!

L : 다양한 이야기의 결착이 이제야!

게다가 저도 아주 살짝이나마 활약을!

작 : 그건 활약이라기보다는… 어쨌든 이번 이야기로 네 나사 빠
진 캐릭터 평가는 확실해졌지.

L : 나사 빠졌다고 하지 마!

그건 뭐랄까…! 나도 모르게 그만…!

작 : 아니, 잠깐.

그 부분을 따져 들었다간 스포일러가 된다.

L : 스포일러라니…

이 책은 신장판이고, 여긴 후기인데, 그런 걸 신경 써야 하나?

3권 후기에서도 그 시점에서는 출연도 하지 않았던 즈마 이야
기를 해버렸는데.

작 : 그래도 이번에는 본편의 클라이맥스와 직결되어 있으니까.

　혹시 모르니 너무 구체적인 발언은 금하도록.

L : 크으.

　내 입장에선 하고 싶은 말이 많다만…

　그때 잠깐 정신줄을 놓지 않았다면, 제2부부터는 내가 주역이
　었는데!

　서쪽에 맛난 음식이 있다면 가서 먹고, 동쪽에 고위마족이 나
　타나면 달려들어 맞짱 뜨는 거고!

　남쪽에 용왕들이 있으면 어떤 개인기를 하라고 강요하고, 북
　쪽에 황금용 장로가 살면 당신 개그는 썰렁하니 그만하라고
　충고하는!

　그런 사자분진(獅子奮進)의 대활약!

작 : 아니, 아무도 그런 얘기 읽으려 하지 않을걸.

L : 그럴 리 없어! 극찬을 받은 끝에 할리우드에서 영화화될 거야!

　감독은 조지 A 로메○!

작 : 그쪽 방향을 희망한다고?!

　대체 그게 뭔 스토린데?!

L : 거 봐, 점점 흥미가 끓어오르지.

작 : 흥미야 생겼지만! 써먹을 수 없는 이야기야, 그건! 이 책과 연
　이어 나올 신장판 9권에서 이미 제2부는 시삭뇌어 버렸잖아!

L : 체엣.

　지금 내가 말한 노선으로 제2부를 전면적으로 다시 쓸 일은

없구나.

작 : 없어!

어쨌든 장편은 이번 이야기로 일단락.

일단락이라 하니 생각났다. 갑작스럽지만 공지를 잠깐.

단편집 '스페셜'의 서브 타이틀이 '스매시'로 변경되었다는 것은 알려드렸습니다만, 그에 맞춰 '스페셜'의 베스트 셀렉션을 단행본으로 발매하게 되었습니다!

L : 그 베스트 셀렉션은 지금 시점에서는 전 5권 발행 예정이며, 1~2권의 수록분은 편집자와 작가가 함께 수록작을 결정하기로 되어 있습니다만, 4권 5권, 가능하면 3권의 수록작은 독자 여러분의 인기투표를 통해 결정하려고 이야기되고 있습니다! 이번 기회에 전처럼 작가의 방을 온통 엽서 더미로!

작 : 아니 아니!

이번에는 편집부에서 집계해주기로 했지.

투표는 엽서, 인터넷, 휴대폰 문자 모두 가능!

단, 인터넷 투표 준비가 언제 갖춰질지는 현시점에서는 아직 미정이라, 자세한 내용은 (일본) 드래곤 매거진 등의 지면을 통해 알려드리겠습니다.

투표대상 작품 리스트도 게재 예정!

L : 그 캐릭터가 나오는 이야기를 읽고 싶다, 그때 그 이야기를 읽고 싶다. 하지만 30권이나 단행본이 나오다 보니 그게 몇 권이었는지 모르겠다!

싶은 분은 꼭 한 표를!

작 : 또한 이 건은 2008년에 벌어진 기획이었으니, 조금 시간이 지난 후에 이 책을 읽으신 분은 주의하시길.

L : 초 거대후기도 투표 대상이 되는 걸까…?

하지만 그 후기가 실리게 되는 경우, 당연히 그 책의 후기도 있을 테니, 후기의 후기 같은 재미있는 현상이 벌어질 수도!

나는 출연 분량이 늘어나니 좋지만.

작 : 그런 부분까지 신경 쓸 필요는 없지 않을까.

L : 그런데 투표해준 분들에게 추첨을 통해 뭔가 선물하는 건 없어? 드래곤 매거진의 로고가 새겨진 가시 박힌 해머 1년치, 라든지.

작 : 그런 건 안 해!

아니, 1년치라니! 가시 박힌 해머도 소모품이냐!?

그 부분은 편집부와 상의해 봐야겠군.

L : 잡지 등의 속보를 기다려 주세요.

작 : 스매시, 스페셜에서 뽑은 셀렉션, 그리고 이 책에 이어 나올 9권 이후의 제2부, 단행본이 연이서 선보입니다만, 함께 해주시면 감사하겠습니다.

L : 여러분, 이번에는 이 정도로~.

후기 : 끝

슬레이어즈 8
사령도시의 왕

1판 1쇄 인쇄	2020년 6월 8일
1판 1쇄 발행	2020년 6월 15일

지은이	Hajime Kanzaka
일러스트	Rui Araizumi
옮긴이	김영종

발행인	정욱
편집인	황민호
본부장	박정훈
마케팅	조안나 이유진 이수정
국제판권	이주은 김준혜

제작	심상운 최택순 성시원
발행처	대원씨아이㈜
주소	서울특별시 용산구 한강대로15길 9-12
전화	(02)2071-2018
팩스	(02)749-2105
등록	제3-563호
등록일자	1992년 5월 11일
ISBN	979-11-362-3195-6 04830

SLAYERS Vol.8: SHIRYOTOSHI NO O

ⓒHajime Kanzaka, Rui Araizumi 2008

First published in Japan in 2008 by KADOKAWA CORPORATION, Tokyo.

Korean translation rights arranged with KADOKAWA CORPORATION, Tokyo.

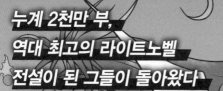

누계 2천만 부,
역대 최고의 라이트노벨
전설이 된 그들이 돌아왔다

수왕을 섬기는 마족, 신관 제로스의 길안내로 가이리아 시티에 도착한 리나 일행.
이 나라에는 수많은 전설이 잠들어 있는데, 클리어 바이블 역시 그중 하나였다!
그곳에서는 장군 라샤트가 군비를 확충 중인데 왠지 수상쩍은 냄새가 풍겨오는데!
수많은 음모가 소용돌이치는 가운데, 리나는 골든 드래곤의 도움을 받아
마침내 클리어 바이블이 있는 곳에 도달한다.
곧장 마족에 대항할 수단을 찾기 시작한 리나는…

HAJIME KANZAKA 칸자카 하지메 일러스트 | 아라이즈미 루이 번역 | 김영종

슬레이어즈 ⑦

마룡왕의 도전